JN106014

スキル【合成】が楽しすぎて
最初の村から出られない
2
Bengara Neko
紅柄ねこ
illustration ふらすこ

テセス
センの幼馴染で、【鑑定】のスキルを持つ。センと一緒に冒険に出るのが夢。
リリア
センと同じ村に住む賢い少女。【合成】の他に、【召喚】【怪技】のスキルを持つ。
セン
エメル村で暮らす、本作の主人公。啓示の儀式で未知のスキル【合成】を授かる。
登場人物紹介

ミア
魔王ヤマダの部下。ヤマダを敬愛している。
魔王ヤマダ
魔族の王。センに様々な助言をするが、彼の目的は謎。
アッシュ
エメル村就きの凄腕冒険者。コルンの師匠でもある。
コルン
センの幼馴染で、冒険者に憧れる少年。剣の固有スキルを持つ。

3章《レベル》

1話

啓示の儀式で、これまで誰も聞いたことがないスキル【合成】を授かった僕――センは、故郷のエメル村を出て、一人で村の東にある荒野を歩いている。

魔符の材料となるコピアの木を入手すべく、隣国エンドリューズに向かっているのだ。

しばらく前、ひょんなことから知り合った魔王のヤマダさんに、世界には僕たちが知らない強力な魔物がたくさんいて、今の力では自分たちの身を守れないと告げられた。強くなるためには、スキルレベルとは別の、身体的な「レベル」を上げないといけないらしい。

どうしてヤマダさんが僕たちに助言するのかはわからないけれど、サラマンダーと戦って自分の弱さを痛感した僕は、友人たちとともにレベル上げをすることにした。

今度はボスモンスターの絡新婦（じょろうぐも）でレベル上げをしようと考えているのだが、それを倒すには魔符がたくさんあったほうがいい。だから、コピアの木を求めて村を出発した、というわけだ。

村の外には当然と言うべきか、魔物たちが多く存在していて、今僕の目の前にいるレイラビットがその代表的なもの。

最弱とされているレイラビットぐらいなら、何匹集まってこようと、今の僕の敵ではない。

しかし、レイラビットの棲息地である草むらを越えると危険だ。

草むらの先にはメイスファングという狼の魔物がいて、その鋭く長い牙は、鉄製の鎧ですら簡単に貫いてしまう。

行商人ならば、自前の馬車で戦闘になる前に走り抜けられるし、『ケムリ玉』があれば大量に使用して逃げることもできる。

一人旅の今の状況では後者一択なのだろうけれど、僕はそのどちらも選択しない。

今はまだ友人のリリアに調べてもらっているところだが、絡新婦（じょろうぐも）以外の『ボス』ともいつかどこかで戦う必要があるだろうし、それまでに戦闘技術を身につけておきたい。

だから、訓練のためにメイスファングと戦ってみようと思っている。

レベルが多少上がったし、【合成】で作った武具があれば何とかなるかな、と軽く見ているところもあるけれど。

ちなみに装備品は、魔銀（ミスリル）の剣と防具。それと、魔物の弱点を突くために、以前リリアに渡した指輪と似たものを一つ作り、四大属性は全て使えるように魔法媒体のルースを組み込んでおいたくらいだろうか。

他には、幼馴染のテセスがくれたダガーを身につけている。

お守りの意味もあるけれど、洞窟みたいな狭いところだと長剣じゃ扱いにくいので、ダガーがあったほうが安心だ。

村を出て、大体一時間くらい経っただろうか。

レイラビットのいる草むらを越えると、見渡す限りの荒野が広がっている。

荒れた大地は、僕の不安を増幅させる。

足早に歩いていると、さっそく一匹のメイスファングが僕のことを嗅ぎつけたようだ。

メイスファングは牙を剥き出し、緩急をつけた跳躍で僕との間合いを詰めた。

左右にも跳ね、僕が逃げないとわかると周囲をゆっくり歩き回る。

なかなか攻撃に転じてこないものだから、僕も徐々に疲れてきた。もしかしたら、それが狙いなのかもしれないな。

メイスファングが大きく跳躍して着地した瞬間が、一番隙が大きくなるのだろうか？

あるいは、まっすぐこちらに向かって来た時に魔法か剣で迎え撃つべきか？

弱点は何の属性だろうかとも考えながら、僕は絶えず剣をメイスファングに向けている。

「あ……これじゃダメだ、待つんじゃなくて、さっさと片付けなきゃ……」

今、僕の前にいるメイスファングは一匹。

でも、敵が常に一匹とは限らないし、仲間が現れる可能性もある。

実力が拮抗しているなら多少時間がかかっても仕方ないが、今僕に必要なのは、瞬時に判断し、いかなる状況にも対応できるようになること。

突如ボスと遭遇して戦いになる可能性がないとも言えないし、その時は以前と同じく転移ができないかもしれない。

ならば、最善の行動がとれなかったとしても一つ一つの戦闘で経験を積み、判断力と行動力を鍛えることが重要だろう。

リリアのように聡明な頭脳を持っているわけでもないのだから、身体で覚えていかなくては。

そう思えば、やることは単純だった。

メイスファングが着地した一点をめがけて、火魔法を放つ。

狙いが甘くタイミングも遅いから、すぐに避けられてしまった。

こういう素早い魔物相手なら、一点ではなく広範囲の魔法のほうがいいだろう。

まだ瞬時に判断をして狙いを定めるほどの実力はないから。

次は風の刃を、何枚も重ねて逃げ道がないように放つ。

その一撃でかなりのダメージを与えることができ、メイスファングは動きを止めてしまった。

そうなっては練習台にもならないので、後は確実に息の根を止めて、次の魔物が現れるまで荒野を進む。

さっきのメイスファングが中級魔石らしきものを落としたみたいだが、拾っているうちに不意打ちを食らってはたまらない。

惜しい気もするが、今は安全を最優先しようと思う。

再びメイスファングが現れ、今度は出現と同時に僕から接近しながら簡単な風魔法を放つ。

向かい風で怯(ひる)んだ狼は、前足の爪を地面に食い込ませ、頭を下げて風に抵抗した。

まだ距離はあるが、それでも狙いを定めるには十分楽になった。

素早く魔力を一点に集中させ、鋭い水槍が狼を襲う。

水と氷を単純に比べれば氷のほうが物理的な威力はあるのだけど、剣に施された魔文字一つの氷よりも、五文字重ねた水魔法のほうが間違いなく強い。

メイスファングには、火も風も水もそれなりに効いているようだが、逆に弱点らしいものも見つけられなかった。

三度目の戦闘は、三匹の群れ。

茶色い体毛のメイスファングは、三匹が身体を休めていた岩と同化していたために、僕は気づくのが遅れてしまった。

すぐさま放った広範囲の風魔法は、向かってくる二匹のメイスファングを怯ませる。

だが、二匹を盾にして上手くその魔法から逃れた残りの一匹は、次の瞬間には僕の腕に咬(か)みつき、牙で肉を大きく抉(えぐ)った。

「ぐうう……‼」

声にならないほどの痛みに襲われ、苦痛に悶（もだ）えてしまう。

全く油断したつもりはない。これが僕の実力なのだ。

では、今するべきことは何か？

まともに前も向けない、そんな状況で戦いを続けられるわけがない。

だったらもう仕方がない、転移で帰還しよう……

◆　◆　◆

次の瞬間には、僕は自分の部屋にいる。

ただ、腕からポタポタと血が滴（したた）り落ちていて、鮮やかな赤に濡れた床は徐々に赤黒く変色していった。

中級ポーションを使用すると、すぐに痛みは引き、徐々に抉れた肉も戻っていく。

どうやらこれほどの傷を負っても回復は可能なようだ。

だが、やはりやられた時の痛みはつらく、まともに戦闘できない。

力の差が歴然としており、一撃でも食らったら一方的に捕食されるのみだ。

今回のことで、強い魔物というのは高い攻撃力と防御力、その両方を備えているのだと理解した。

どの属性でも簡単に倒せそうにないなら、早く身を引いたほうがいい。ボスでない魔物からは、きっと経験値を得られないと思うし。

メイスファングが落としたのは中級魔石のようだった。つまり、僕にはまだ中級魔石しか落とさない魔物の相手すら難しいということなのだろう。

リザードは魔法で楽に倒せていたが、あれはたまたま相性が良かっただけなのかもしれない。

多少レベルが上がって、頑丈になったと思っていた自分でもこれなのだ。

まだレベルアップしていない村就き冒険者のアッシュや、幼馴染のコルンならば、一撃で気を失っていたかもしれない。

やはりここから先、レベル上げなくしてはともに旅に行くなど無理なのだろうか？

そうなると、やはりコピアの木を入手して狩りをする必要がある。

「別ルートを探すか……」

エンドリューズに行く道は、別に平原を突っ切るだけではない。

北の山越えルートならば、きっとメイスファングに出会うことはないだろう。

他の強力な魔物がいる恐れもあるから、それが吉と出るか凶と出るかはわからないが、少なくとも平原を越えるよりは可能性はあるだろう。

作り置きの中級ポーションを少し多めに持って、僕は山の頂上付近にある洞窟へと転移した。

つまり、絡新婦（じょろうぐも）のいた洞窟の前に、だ。

もちろん、心配はかけたくないので周りには何も伝えていない。

たとえ『手伝う』と言われても僕やリリアのようにレベルが上がっているわけではないし、下手をすれば足手まといにもなりかねない。

念のために残っていた魔符を二枚、そしてケムリ玉も多めに持った。

いざという時に必ず使えるとは限らないけれど、転移できない場合なんかは、これで逃げられる可能性がわずかでもあるかもしれない。

山をさらに登り、頂上までたどり着く。

……まぁ登りきったからって別に景色が良いわけではなく、鬱蒼と生えた木々が立ち並ぶだけ。

そこに足を踏み入れた瞬間、とても嫌な気配を感じた。

たぶん、微かに揺れ動いた木々や葉の擦れ合った音なんかが、僕の不安を煽るのだろう。

僕には確実に、『強い魔物がいる』と感じられた。

――このルートはダメだ、実力の差があり過ぎる。

誰かにそう言われているようだった……

他の道としては、西から大きく山を迂回するルートか、南にある森から回り込むルート。

ここまで来ると、行商人のデッセルさんを待って一緒にエンドリューズに行ったほうが早いのかもしれないとも思うが、長いときには半年くらい来ないからな。

「よし、森から進んでみるか」

理由は、森の魔物はそれほど強くないことを知っているから。

と言っても、南の森に出るノーズホッグという豚の魔物は非常に強力な突進攻撃をしてくるし、少し奥には猛毒を持つベノムバイパーも棲みついているそうだから、毒消し薬も必要になる。

ただ、僕は森の入り口まではよくコルンと来ていた。そのうえ、ノーズホッグとの戦闘も経験している。特殊解毒薬は、昔作ったものを使えばいいだろう。

そうして僕は森に入っていった。

鬱蒼と生い茂る木々は日光を遮り、辺りは夜かと思うほど暗い。

「明かりを持ってきて正解だな」

身につけると自動的に発光するイヤリングのおかげで、周囲は明るく照らされている。

その光に驚いた小動物やコウモリが、ガサガサと葉を揺らしている気配もあった。

しばらく進み、さっそく現れたノーズホッグは僕の剣の一太刀で沈む。得られた魔石は普通のものだった。

「うん、多分これが僕にとっての『丁度いい』なんだろうな」

周囲の魔素は薄く、極端に強い魔物が出るとは思えない。

若干、どこからか誰かに睨まれているような気配はしていたが……

頭上から聞こえる葉の擦れ合う音、そして魔物が現れた時に辺りに響く咆哮。

道は険しく、暗くて遠くは見通せない。

そんな中で、僕は耳のイヤリングが放つ光だけを頼りにして森の奥深くへ進んでいった。

何体もの、何十体ものノーズホッグを倒しながら。

2話

森の戦闘でもいくつか気づいたことはあった。

イヤリングの光が作る影が、僕に余計な情報をたくさん与えてくる。

魔物がいなくてもそうだし、戦闘中だとなおさら注意が逸らされて危ない。

周囲でチラチラと形を変えながら揺れ動く影の存在は、下手な魔物よりもタチが悪いのかもしれない。

まぁそれでも僕は、ノーズホッグに負けるつもりはない。

「もう蛇のいるところまで来たか……」

少し奥に、シュルシュルとウネりながら移動する細長いものは、きっと魔物のそれなのだろう。

ベノムバイパーは近寄った者に突如咬みついて襲ってくる。

それを防ぐために、家で足首に布を厚めに巻いてきたのだが、これは毒対策ではなく、あくまでも咬まれて痛い思いをしないように。

ちゃんと毒消し薬もたくさん持ってきている。

「痛っ!?」

突如首筋に走る痛み。ベノムバイパーだ。

それは、前にいる魔物にばかり気を取られていた僕を戒めるのに十分な一撃。

たいしてダメージはないといっても、皮膚の弱い部分を咬みつかれ、最大限警戒をしていたつもりだった僕は素直にショックを受けていた。

毒の症状は、身体の痺れと痛み。

すぐに毒消し薬を飲んだため、その症状はスッと治ったのだけど、あまり連続で受け続けると手が痺れで動かなくなり、薬を飲むこともできなくなるかもしれない。

剣で斬りつけると、こちらの魔物も普通の魔石を落とした。

次から次へと現れるベノムバイパー。

時には頭上の木の枝から、また時には地を這って十何匹も群れてやってきた。

だいたいは剣の一撃で倒すことができるのだけど、意表を突いてありとあらゆる攻撃を仕掛けてくる。

特殊解毒薬があったとしても、レベルの上がっていない僕ではやられていたに違いない。

二年前のアッシュは、それをキッチリ片付けていた。

剣の腕も周囲を警戒する力にも、それほどまでの差があるのだと感じてしまった。

ベノムバイパーを一通り撃退し終えると、僕はすぐに進み始める。

なんとなく道になっている、木々の幅の広いところを歩いているのだが、たぶん西に向かっているのだと思う。

まるで案内するかのごとく、木々が立ち並んでいるのだ。

ベノムバイパーにも少しは慣れてきて、頭上からの強襲には対応できるようになったが、まだまだ無傷でいられるにはほど遠い。

どんどん進み続け、ベノムバイパーを百も倒した頃には、周囲の雰囲気が変わっていた。

少しずつ頭上から光が差すようになり、森の中に小さな湖が姿を現した。

この周囲だけは魔物がいないんじゃないだろうか？

そんな気にさえなるほどの清々（すがすが）しい空気と、青く澄み切った水源がそこに広がっている。

現に泳いでいる生き物など見えないし、あれほど暗く恐ろしい雰囲気だった森の中も、振り返れば木々が生い茂っているようにしか見えない。

森での戦闘は、わずか一、二時間のことなのだろうけれど、僕の精神を疲弊させるには十分。

慣れない戦闘に集中していたため、もう丸一日続けていたかと思えるほどに、腕は疲れで重く感じられ、喉も渇（かわ）いていた。

目の前の水はとても澄んでいるので、これに何か有害なものが入っているとは一切思わなかった。

まぁ、不用心だと言われればそうなのかもしれない。

生き物一匹すら棲んでいない湖の水を、なぜ飲めると思ったのか？

猛毒だったら、僕はここで命を落とすことになるだろう。

だが、そんな考えは微塵も浮かばず、気づけば水をひと掬(すく)いし、口に運んでいた。

「あれ？　疲れが消えたような……」

再び力が漲(みなぎ)ってくる。この効果は、中級ポーションでは得られないほど。

『こんなに回復効果があるのなら』と、飲み干して空いていた小瓶に水を詰め、ひとまず二本だけ袋に入れた。

これを売って大金持ち、なんてことが簡単にできてしまうかもしれない。

そんなことを考えながら、湖を正面に左へと曲がり、道が途切れた先にある森へと再び入っていく。

先ほどの湖のある場所で見た日差しの角度から、たぶん今は東に向かっていると思う。

不気味なのは、先ほどから魔物の姿がないことだ。

それ自体は非常にありがたいのだけど、理由がわからないというのはどうにも不安を掻き立てられてしまう。

「また広い場所に出たな……。今度は湖でもないみたいだし、なんでここだけ木が生えていないんだ？」

そこだけ、ぽっかりと穴が空いている。

まるで木々が生えるのを許されていないかのように……

広い空間では、どこか解放された気分になって、少し気が緩んでしまうことがある。

それでも僕は、決して油断したつもりはなかった。

『やってしまった』と気づいたのは、正面に魔物が現れた直後。

二足で歩く大きな牙と豚の顔を持つ、見たことのない魔物。

全身やや緑がかった肌色に、背丈は二メートルほど。

下半身にはボロ布を纏い、大きなお腹と、手には木でできた太い棍棒。

想定外の魔物と遭遇したら、情報整理や準備のために、一度村へ引き返すべきだろう。

すぐさま村へ転移しよう……としたところで初めて、この魔物が『ボス』なのだと気づかされた。

転移の魔法は発動せず、ふと後ろを見ると、今来たはずの道は消えている。

周囲の木々は隙間なく生えており、小動物が通れるほどの隙間しかない。

サラマンダーの時は気づかなかったが、これはボスと戦う時には必ず起こる現象なのではないか？

そうだとしたら、脱出できるのはボスを倒した後……

これはかなりマズイ状況だ。

今は僕一人。リリアもいれば、どちらかが敵の気を引いて少しは攻撃を仕掛けられるだろうが、それもできない。

可能性は考えていたけれど、まさか実際にボスと遭遇するなんてな……

「くそっ、やるしかないってことか……」

ともかく、この豚……のような人間？　は、勢いよくこちらに向かってくる。

絡新婦（じょろうぐも）と違って、様子を見たりはしないようだ。

あと数メートルというところまで近づいてくると、豚人間は手に持っていた棍棒を高く振り上げて、叫びながら叩きつけてきた。

ドンッ‼　と一発、地面を強く打ちつけた衝撃が、僕の身体を走る。

避けたというのに、その衝撃によって僕の動きはほんの一瞬だが止められてしまった。

すぐに棍棒を掲げて、横に大きく振り回す豚人間。

豚人間は、一切容赦なく僕の身体を横から叩いてきた。

正直、横からの衝撃で良かった。衝撃が反対側に逃げてくれたおかげで、多少痛い思いをしたものの、動けなくなるほどのダメージは受けていない。

棍棒が当たる瞬間には、なんとかその攻撃を両腕で防いだのだけど、腕は痺れが残るぐらいで動かす分には問題なかった。

離れながら、すぐに魔法を発動。

見た感じ、攻撃方法はあの棍棒だけかもしれない。

今も突進してきていることから、遠距離は苦手と見た。

風魔法で吹き飛ばそうとしたのだが、巨体のせいか、ほとんど距離は遠ざからない。

しかしながら風が鬱陶しかったらしく、棍棒を額に当てて僕の魔法を防いでいた。

しかも、目を閉じている。

それは僕にとって、アドバンテージをとる絶好のチャンス。

数メートルの距離を一気に詰め、両足の間から後ろに回り込む。

すぐに振り返って豚人間の首筋に斬りかかった。

視界から僕の姿が消え、それを探して首を振っている豚人間に、一撃を与えるのはそれほど難しいことではなかった。

僕は、数センチの深さで斬りつけることに成功したが、豚人間が倒れたりはしない。

それどころか、僕が後ろにいることに気づいた豚人間が棍棒を振り回しながら振り向いたため、棍棒が僕の左腕を直撃してしまった。

普通ならば避けられそうな速度だが、着地して体勢を崩していた僕には無理だった。

棍棒による右上からの一撃、そして流れるように次は左から。

剣を持つ右腕と左脇腹へ打撃を受け、その衝撃で僕は数メートル吹き飛ばされる。

痛みはある。が、悶絶するほどではない。

「どうしても勝てないってほどの相手じゃあないいな」

もしかしたら、サラマンダーに代わるレベル上げに丁度いいボスを見つけたかもしれない。

サラマンダーや絡新婦に続き、まさかこんな身近にボスモンスターが見つかるとは思っていなかった。

最初は『ふざけるな』と感じていたが、本当に各地に多く存在しているのなら、自分たちに合ったレベルのボスを見つけて倒せばいいのかもしれない。

ただ、そのためにわざわざ戦いを挑んで殺されでもしたら、元も子もないわけだが。

おそらくこの豚人間は、僕のレベルより1か2かは下だろう。

棍棒の直撃を受けたというのに、僕はそれなりに動けているのだし。

だったら、そう恐れる必要はないかもな。

僕は前を向き、こちらにゆっくりと迫ってくる豚人間に剣を向ける。

三メートルほどの距離まで来た時、突如豚人間は口から胃液らしき液体を飛ばしてきた。

それをもろに足に被ってしまい、痺れるように痛い。

痛みもさることながら、汚されたという不快感。

戦いが終わったら、先ほどの湖でしっかりと洗い流してやろう。

若干の苛立ちを感じながらも、今度はこちらから接近し、豚人間が横に振るってきた棍棒をバックステップで躱した。

近寄り始めてからそれまでの間に溜めていた火魔法を、僕は豚人間の顔めがけて放つ。

魔法はなかなかの効果を与えているようで、豚人間は棍棒を手放し、燃える頭を両の手で押さえていた。

もしかしたら脂が多く、燃えやすいのかもしれない。

まぁそんなことはともかく、今は一刻も早く倒してしまいたい。

武器を手放したとはいえ、二メートルの巨体に近づくのは危険だろうか。

再び遠くから狙いを定め、強力な火魔法を放つ。

その一撃を受け、豚人間は全身を焦がし、息絶えたのだった。

そして僕に訪れるレベルアップ。

何か聞こえるでもなく、目に見えるでもない、経験値の恩恵。

身体がより軽く感じられ、力が湧いてくる感覚。

気づけば木々の間隔も広がり、来た道ともう一方の道ができている。

それにより、一つの推測が確信に変わった。

ボス戦から逃げ出すことはできないのだろう。

何がそういった現象を齎(もたら)しているのかといえば、思い当たるものが一つ、あるにはある。

『世界樹』、またはユグドラシルと呼ばれる大樹の存在。

先代魔王が世界の理(ことわり)を変えるために力を与えたモノ。

とにかく今回は運良くボスを倒すことができ、大きなダメージを受けることもなかった。

袋から一本の小瓶を取り出し、それを一気に飲み干す。

先ほど汲んだばかりの湖の水だ。

「ん？　なんの効果もない？」

棍棒で打たれた両腕の痛みは残っており、足の痺れも消えていない。

それに、力が湧いてくる感じは微塵もしなかった。

もう一本も飲んでみるが、やはり同じ。

仕方なく中級ポーションで回復しようとしたのだが、それを口にする直前、僕はふと試してみたいことを思いついた。

「もう一回、湖に行って飲んでみるか……」

どうせ胃液で汚されてしまった足を洗うために戻るのだ。まぁ当然、洗うのは飲んだ後だが。

そして再び湖の水を飲んで、わかったことが一つ。

「まさか、この湖から直接飲まないと意味がないのかな……」

ボス戦の直前に傷を癒す湖があるなんて、まるでこの水を飲んで戦いに備えなさいと言われているかのようだ。

全回復できるほどの力を持った湖、仮に名前をつけるとしたら何と呼ばれるのだろうか？

『回復の泉』とか、そんな名前かな。

ともかく、小瓶に入れてポーション代わりにはできないことはわかった。

けれど、僕たちは一度訪れた場所には転移でいつだって来られるのだし、とんでもないものを見つけたことに変わりはない。

あぁ、でもボス戦の最中は転移ができないし、戦闘中にここに来ることは無理かな？

やっぱりしっかりと準備はしておかなくてはいけないのか……

3話

村の南に広がる、鬱蒼とした森。その中で見つけた『ボス』と『回復の泉』に関しては、もう少し調べることにした。

もしかしたらボスは、また違った行動をとるかもしれないし、湖がどんな癒し効果を持っているのかもハッキリはしていなかったから。

そう考えた僕は、翌日からボス討伐をリリアに手伝ってもらい、僕が怪我をするたびに湖に転移していた。

「これ、もしかするとどんな傷でも癒してくれるんじゃない？」

リリアがそう結論づけるのも無理はない。

毒や胃液による痺れや痛み、それに咬み傷、打撲のアザ。

そのどれもが、湖の水を飲むとキレイに癒されていくのだから。

それにここ五日ほど戦って、ボスに関しても十分すぎるほどの情報が集まった。

リリアが調べていてくれた書物の中にも、『森や洞窟に棲みつく獰猛な大型種の魔物』なんて記載があったらしいし、似たような魔物では小型の『ゴブリン』という、より狡猾な魔物も存在するという。

攻撃手段は棍棒による打撃と、胃液による麻痺を含む攻撃、さらには咬みつきと、攻撃が強化される力溜めだ。

咬みつきは棍棒を捨てた時のみにするようで、結局のところ、豚人間は胃液以外は物理攻撃しかしてこないということになる。

まぁ絡新婦よりはレベルの低いボスだったせいか、一回目の討伐以降、僕のレベルは上がっていないのだけど。

ある程度の情報は集まったので、村にある食事処兼宿屋の『とね屋』にアッシュとコルンを呼び、リリアと四人で遅めの夕食をとりながら話をする。

ちなみに、テセスは鑑定の仕事があるそうで、今回は不参加だ。

「アッシュさんとコルンでも十分に戦えると思うんだ。どう？」

「センの用意してくれた指輪で魔法を使い続けたらいいんだろ？　だったら、俺たちでなくたって余裕だな」

僕が一通り豚人間の情報を伝えると、アッシュはお酒を一口飲んで軽く答える。お酒を飲んでいるといっても、いつでも魔物と戦えるように控えめだ。

ボスに接近された時のために、僕とリリアが火魔法で撃退する準備をすると言うと、アッシュは『気を利(き)かせすぎだ』と苦笑した。

コルンもまた、僕の援護については少々面白くなさそうではあったが、逃げることのできないボス戦で何かあっては困る。

結局、アッシュとコルンは特に渋ることなく、ボス討伐を引き受けてくれた。

「よぉ、オークキング討伐おつかれさん」

そんなセリフとともに、僕たちの囲むテーブルの近くに突然現れた、変わった衣装のヤマダさん。

どうしてヤマダさんは、普通に現れることができないのだろうか？

今日は異世界文字ではなく、植物の描かれた涼しげな感じのシャツだ。

ヤマダさんのことを初めて見るアッシュとコルンは、突然のことに驚く。

言葉も出ないでいる二人をよそに、衣服の方へ目が行ってしまう僕とリリアに対してヤマダさんが喋(しゃべ)り始めた。

「これか？　アロハシャツっていうんだよ。最近暑くなってきたからな」

アロハ……？　きっと、そういうものが魔族では流行しているのだろう。

派手な柄(がら)のおかげで、周囲の冒険者や村の人たちも、奇異(きい)の目でヤマダさんのことを見ていた。

まぁ、それでもしばらくすると『ちょっと変わったヤツ』扱いで、たいして気にされることもなくなった。

「突然どうしたの？　……ですか？」

「あまりかしこまるなよ、お前たちとは仲良くやっていきたいんだからさ」

僕の質問に対して、ヤマダさんの思いもよらぬ返答。

最初は『命を奪いにきた』とか、物騒なことを言っていたと思うのだが。

いや、それを言ったのはヤマダさんの部下の魔族デュランさんだったか？

「オークキングの討伐を二人にやらせようって話だったよな？」

僕の席近くの壁に寄りかかり、話を続けるヤマダさん。

「そうだけど……」

僕が答えると、目を細め少し考える仕草をしたヤマダさんは、右手を顎に添えて喋り始めた。

「うん、まぁそれはいいんだけどさ。センはどこでレベル上げをするんだ？　討伐はやらないのか？」

どうやらヤマダさんは、アッシュとコルンのレベル上げよりも僕のほうを優先したいみたい。

そうは言っても絡新婦は強敵。ろくに準備もできていないのに戦うなんて、無謀だと思っている。

そんな様子でいたものだから、ヤマダさんはやれやれといった感じで、どこからともなく防具を取り出した。

いや、本当にどこから出したのだろうか。

ヤマダさんは手ぶらだったし、アロハなんとかの中に仕舞うようなスペースなどないはず。

だというのに、今ヤマダさんの手にはアッシュの持つ鉄製の防具と同じものが、非常に綺麗な状態で一つ……

「これでも装備させておけば簡単にはやられないだろ。せっかく絡新婦(じょろうぐも)の弱点がわかったのに、経験値稼ぎをしないなんてもったいなくないか？」

僕にはそんな気持ちは全くなく、ただ怖いだけ。

それに、すでに持っている防具をもう一つ渡されたところで、『じゃあ行きます』とはならない。

「お前たちの考えてることくらい、俺のスキルを使わなくても大体は想像つくな」

僕たちの心配をよそに、ヤマダさんは取り出した防具をアッシュに渡して説明を始める。

「そりゃあな、アダマンタイトでも神龍のウロコでも、防御力を上げるだけの素材ならいくらでもあるけどな。そんなもん、装備で戦ってるんじゃなく、装備に戦わされてるだけだ。それに、俺としてもちゃんとヒントを与えてやっているつもりだぜ。センなら、それくらいの装備品も作れるだろうからな」

加えて、僕たちにはもっと強くなってもらわなきゃ困るのだと、ヤマダさんは言った。

その真意に関しては、教えてくれなかったけれども……

「じゃあな。また来た時には絡新婦(じょろうぐも)くらい余裕で倒せるようになっててほしいぜ」

去り際に、テーブルから『ワイルドボアの肉と野菜の炒め物』をつまんで食べるヤマダさん。

『ん、美味(うま)いじゃん。今度からここで飯を食おうかな？』なんて言いながら出入り口に向かって、行ってしまった。

それと入れ替わるようにやってきたのが、仕事を終えたばかりのテセス。

僕たちが来てから、すでに一時間近く。今日はいつもよりも鑑定の依頼が多かったのだろう。

「ねぇみんな……今の人、すっごい服装していなかった？」

ヤマダさんの格好は、やはりテセスも気になったらしい。

ただ、今は周囲の視線もテセスに向いている。

普段からこれだけ白い装い（よそおい）で出歩く者はそういないし、ましてや聖女様なのだから注目されて当然だ。

「やっぱり驚いちゃうよね！　変な格好だけど、あれで魔族の王なんだってさ」

リリアがそう言うと、テセスもウンウン頷いていた。

驚きに共感したのか？　それとも変な格好に……？

とにかくそんな二人は、すでにヤマダさんが立ち去った後の出入り口をジッと見ている。

嵐が去った――僕だけじゃなく、誰もがそう感じたと思う。

アッシュの手には、残された防具が一つ。金属の肩当てだ。

すでに身につけているものと同じ防具は、一体どういった意味を持つのか？

それを調べるべく、僕はテセスにその防具の鑑定をお願いする。

「いいけど、今日は疲れてるし高いわよ。おばさーん、私にもエールをちょうだい！」

そう言いながら手を大きく上げて、お酒を注文していた。

要するに、『ここのお代はセンたちで持ってね』ということだろう。

少し前まで、お酒といえば僕の父さんかアッシュが飲むものというイメージだったのだけど、最近はテセスも少しばかり飲んでいるらしい。

それで、毎日顔をほんのり赤らめる程度には酔って帰るわけだ。

「うーん、一応普通の鉄の肩当てみたいだけれど……」

ヤマダさんはこれを『ヒント』だと言ったわけだし、何かしらの違いはあると思ったのに。

食事をしながら鑑定結果を確認するテセスは何か気になるようで、アッシュの肩当ても外してもらって鑑定する。

そして、再びヤマダさんの肩当てを鑑定。

「こっちの――魔王さんが持ってきたほう？　品質がよくわからないのよね。それに『☆（星マーク）』？」

実際に鑑定しているテセスがよくわからないのだから、聞いているだけの僕たちは余計に理解ができない。

まだお酒は一杯目だというのに、早くも酔いが回って、テセスの目の前にはお星様でも見えているのだろうか？

「アッシュの肩当ては、並の品質だってちゃんとわかるの。でも魔王さんのは違うのよ」

鑑定でわかるのは、『品名』と『品質』、あとは簡単な用途くらい、と以前テセスから聞いたこと

はある。

だから僕は、本当にテセスが酔ってるんじゃないかと思っていた。

何度テセスが説明しても、誰も理解できない。

わかったのは、品質が不明ってことと、お星様が見えているってことくらいで……

「じゃ、じゃあ私たちは先に行くわね」

リリアは心配そうにこちらを見ながら、アッシュとコルンとともに席を立って店を出ようとする。

「うん……ごめんね、みんな。ほら、テセスも行くよ」

よほど鑑定が上手くいかなかったのが悔しかったのだろうか。

それとも、僕たちがわかってくれないことにイライラが募ったのか。

グイグイとお酒が進んでしまったテセスはすっかり酔いつぶれて、本当にお星様が見えている様子だった。

一緒に付き合わされたアッシュも、いつも以上に飲んでいたようだし、今、村に何かあったらと思うと心配でならない。

テセスは転移で帰ろうとしたのだが、僕が店の外に出たら、先に帰ったはずのテセスがなぜか店先で寝ていた。

『少しは酔いを醒ましたほうがいい』とアッシュに言われ、家が同じ方向の僕が連れて帰ることに。

帰り際、リリアの蹴りが何度もアッシュに向けられていたが、何か怒らせるようなことをしたのだろうか？

ともあれ、僕はテセスを連れて家に向かう。

「ちょっと、テセスらしくないじゃん。早く帰らないとおばさんが心配しちゃうよ」

僕も『とね屋』で、冒険者が『水ー、水ー……』なんて言いながら、仲間たちに抱えられて二階の寝室まで運ばれていく姿を何度か見ている。

だけどまさか、僕がテセスを介抱することになるなんて思いもしなかった。

肩に担いだテセスの髪や服から、時折良い香りがするものだから、しばらくはこうしていたいなんて思ったりしたけれど。

だからだろうか、いつもより帰り道が短く感じられた。

それにしても、ヤマダさんのことといい、酔いつぶれたテセスといい、本当に今日は……色々と不安な一日になってしまった……

4話

翌日はアッシュとコルンの二人で、オークキング討伐を行う。

オークキングというのは、ヤマダさんから教えてもらった名前で、リリアの調べてくれたオークやゴブリンという魔物の上位種なのだそうだ。

　いきなり上位種と聞かされて驚きはしたものの、実際はそれほど強さは変わらないらしく、群れることも少ないから、かえって戦いやすいのだと言っていた。

「この先にいるから、気を抜かないでね！」

　僕たち四人は、例の回復の泉に転移して、そこからオークキングの出るエリアまで徒歩で移動している。

　テセスは昨日に続いて仕事があるから同行はできなかった。朝からつらそうな表情ではあったが……

　それはさておき、森の中でアッシュたちを先頭に、僕たちは周囲の警戒を怠らないようにしている。

　その道中リリアが寄ってきて、僕にヒソヒソと話しかけてきた。

「昨日の夜は襲われなかったでしょうね？」

　一瞬、村に魔物でも現れたのかと思ったが、すぐにそれは間違いだと気づく。

「え、あ、いや、何もなかったけど！」

『ふーん……』といった感じで、僕の顔を眺めるリリア。

「そっかぁ、それはそれでちょっと残念かな。センなら押せば行ける気もしてたんだけど、意外とガード固いんだよねぇ」

アッシュとコルンの歩くやや後ろ、リリアは残念そうにため息をついてトボトボと歩みを進めている。

いやいや、テセスとはそんな関係じゃないし、姉みたいな存在だって言ったよね？　言ったっけ……？

「セン、ここで間違いないか？」

そんなことを考えていると、先頭のアッシュが後ろを振り向いて僕に確認。

「う、うん。一回入ると、ボスを倒すまで出られないからね」

「わかった。とにかく最初から火魔法をぶっ放せばいいんだろ？」

「大丈夫だ、俺たちに任せろ！」

アッシュが中へ、コルンもまた威勢よく返事して、アッシュに続いていく。

当然、僕とリリアも、いざという時のために中へ。

「ガァァァ!!」

オークキングは棍棒を高く振りかざして、僕たちを睨みつけてくる。

いつもだったら僕とリリアで、オークキングの行動を調べながら倒すのだけど、今日はそんなつもりは全くない！

「俺からいくぞっ！　ファイアーボール！」

アッシュに渡した『火』の力の込められた指輪から、巨大な火球が出現する。

魔法のイメージは各々の自由だが、アッシュにとって火魔法といえば、この巨大な火球のようだ。

魔文字を五重層にしてあるため、威力は非常に強いが、その分、打てる数には限りがある。

それでも二人とも、おそらく八発は可能。

火球を避けられなかったオークキングの姿を見て、コルンはあろうことか勢いよく接近しだす。

「ちょ、ちょっとコルン！　接近戦は危ないって！」

僕が遠くから叫ぶのだけど、コルンはお構いなし。

オークキングが再び棍棒を振りかぶり、それを勢いよく振り下ろすと、コルンは、あらかじめわかっていたかのように左へ進路をずらした。

「足元がガラ空きだぜっ！」

そう叫びながら、コルンはオークキングの右ふくらはぎを大きく横薙ぎにする。

「グォオッ！」

魔物って、ガァとかグォーとか、いつも何を喋っているかはわからないけれど、今のコルンの一撃がかなりのダメージを与えたことは容易にわかった。

コルンの持つレーヴァテインは、持ち主が叫ぶと同時に真っ赤に燃え、オークキングを斬りつけた途端に炎で相手を包み込んだのだった。

それがコルンにとっての火魔法、そして彼の想像していたレーヴァテインの使い方なのだろう。

それでも、オークキングを包んだ火はすぐに消え、まだまだ敵が倒れてくれる気配はない。

僕とリリアで戦った時は、魔法二発で倒すこともできたのだけど。

それが魔力の差なのか、レベルの差なのかはわからない。

リリアは魔銀(ミスリル)で作った杖も持っているから、それも大きな差なのだろうか？

とはいっても、アッシュもコルンも、オークキングの動きはつかんでいるようなので、僕は安心して見ていられる。

さすが、ここは経験の差と言うべきところだろう。

結局、オークキングの動きがそこまで速くはないこともあって、アッシュもまた近接攻撃に魔法を交えながら戦っていた。

つごう十発の魔法攻撃。それでようやく、オークキングは動きを止める。

「二人とも、お疲れ様！」

だが、僕とリリアが二人のもとに近づくと、何か様子がおかしい気がした。

倒し方に納得がいかなかったのか、それともどこかにダメージを受けてしまったのか？

そんなことを気にして駆け寄ると、こっちに気づいたアッシュが一言。

「セン！　すごいぞ！　今の俺ならどんな魔物でも倒せそうだ！」

コルンもまた、アッシュの隣で自身の変化に驚いているようだ。

良かった。何かあったわけではなく、ただレベルアップを感じていただけらしい。

「た……たぶん、レベルが上がって、二人とも強くなったんだと思うよ」

「そうか！　だったらもっともっと、その『ボス』を倒しに行かなきゃならないなっ」

そう、だから毎日オークキングと戦ってほしかったのだけど、調子に乗ったコルンが『絡新婦とかいうのも倒しに行こうか』なんて言い出した。

確かに僕とリリアだけでも、かなり危なかったとはいえなんとかなっていたのだし、もしかしたら四人で挑めば意外と余裕があるのかもしれない。

だけど、試しに戦って殺されるのは勘弁だ。

そこは慎重に判断するように、アッシュがコルンに言ってくれていたが。

そう、少なくとも魔符の作成か、ヤマダさんの持ってきた防具の秘密を暴くまでは……

僕たちは泉まで戻り、少しの間休憩をとった後に、村に帰った。

アッシュとコルンには、村の外で素材を集めてもらって、リリアは僕の部屋で一緒に防具作りを試してみる。

素材といっても、別に良いものを探しに行ってもらったわけではない。

魔銀を試作品に使うのがもったいなかったので、まずは魔物の皮を使ってみようと思い、ノーズホッグ狩りを頼んでいる。

それほど頑丈な素材ではないけれど、普通の布よりは強いし、数も集まりやすいから。

「じゃあテセスの言ってた、お星様の謎を解かなきゃね」

ごく自然に、まるで自分の部屋であるかのように僕の部屋で素材を広げるリリア。

僕もまた、部屋の隅(すみ)から使えそうな木材や皮素材などを見繕(みつくろ)ってくる。

それらを使って、ヤマダさんの持ってきた防具と同じような鑑定結果のものを作るつもりだ。

もちろん、夕方になってテセスの手が空くまでは、どれが正解かはわからない。

とにかく思いつく方法を片っ端から試してみようと思っている。

ちなみにここ数日、リリアは、そのあり余る魔力で大量のポーションを作っていたせいか、いつの間にか【合成】スキルのレベルが4になっていた。

一年先輩の僕でさえ、少し前にレベル4になったところ。

あと半年もすれば追い越されてしまうんじゃないだろうか？　もしも『レベル5が存在すれば』の話だけど。

そんな話を僕の母フロウに漏らしたところ、『その歳でレベル4なんて普通はありえませんよ』なんて言われたから、僕もリリアも、外ではレベルの話はしないようにしている。

「やっぱり特殊な素材が入っていて、普通のよりも頑丈にできてるんじゃないかしら？」

二人して真っ先に思い浮かんだのがそれ。

鉄の一部を魔銀(ミスリル)に変えて作っているか、金属をより硬くするような薬品が使われているか。

薬品といえば、中和剤を普段から使っているのだが、そんな効果が現れたことなんて一度もない。

「じゃあさ、同じ魔物素材の『ホーンラビットの角』でも混ぜてみる？」

「そうね、ウルフの『魔獣のたてがみ』なんかもいいんじゃないかしら？」

色々と案を出しながら、とりあえず一つ作ってみることにする。

僕たちは、部屋に置いてあった魔獣の皮から、いくつかの革の服を作成することに決めた。

材料は『魔獣の皮』適量に、キングスパイダーからとれる『魔虫の糸』、僕特製の中和剤。そこに別の追加素材。

「やっぱり鑑定してもらわなきゃ、見た目は一緒だね」

魔獣の皮をワイルドボアの皮に替えてみたり、リザードのウロコを加えてみたりもしたが、どれも見た目には違いがわからない。

ヤマダさんの持ってきた肩当てだって、別段変わったようには見えなかったし、もしかしたらこれで正解なのかもしれない。

ひとまずテセスが仕事を終えるまでの間、別の方法も試してみようと、再び素材を選ぶ僕とリリア。

ちょうどアッシュとコルンも狩りから戻り、魔獣の皮以外にも、『まだら毒茸』や『ピリン草』、なんの生き物の骨かもわからない『頑丈な骨』なんかも拾ってきてくれた。

骨はひとまず置いておくとして、次に僕とリリアが試そうと思ったことが『状態異常を引き起こしたり治したりする時に使う素材の合成』だ。

『お星様』を、何かの異常状態だと考えることもできる。もしかしたら武器や防具にも、【合成】で状態異常を付与することができるのではないか？

そんなリリアの意見を採用した結果、僕は自分で調合した『毒消し薬』をはじめとした各種状態異常回復薬を、リリアは逆に状態異常を引き起こす素材を集めた。

もちろん、アッシュとコルンが採取してくれたばかりの新鮮な素材だって活用させてもらう。

「なんだか危なそうな臭いがしない……？」

リリアの作った革の服は毒々しい紫に仕上がり、その服を着用すれば、おそらく自身がダメージを受けてしまうであろう臭いが漂っていた。

失敗……というよりも、意図せぬものができ上がったと言うべきなのだろうか？

とにかく使い道も思い浮かばないような服があっても仕方がない。

捨てるにしても、村の人に迷惑をかけるのが嫌だった僕たちは、その服を普通の革の服と合成しておいた。もちろん、毒消し薬とともに。

気を取り直し、別の素材を。

僕の使った素材では変なことは起きなかったが、リリアの使った素材は全て状態異常を引き起こすものばかり。

でき上がるたびに、僕がその状態異常の回復薬を用いて再度合成。

失敗品ばかりが増えていく。

夕方には入手してきてもらった魔獣の皮も底を突き、僕たちは一階に下りて、母による手料理をみんなで食べることにした。

テセスも仕事が終わったら僕の家にやってくるだろうし、革の服を大量に『とね屋』に持っていくわけにもいかなかったので、ちょうど良い。

予想通りテセスがやってきて、いつも以上に賑(にぎ)やかな食事の時間が過ぎていった。

その後はすぐに、僕たちは二階にある僕の部屋で、日中に作った試作品の結果を聞かされることになったのだった。

『全部、普通の革の服みたい……』と。

5話

テセスは本当に頑張ってくれた。

基本とは別の素材を加えて合成した革の服が、全部で二十五着。

魔獣の皮を別の素材にしたものが八着。これに関しては、『革の』ではなくただの『服』になっていたものもあった。

そして状態異常回復薬を合成した六着。

鑑定は、対象に魔力を込めて頭に入ってくる情報を整理し、専用の紙に書き記すというのが一般的な流れ。

その『書き記す』部分が不要だとしても、多少の魔力と集中力、そして一〜二分の時間を要する。

つまりテセスは、仕事を終えて疲れているというのに、さらに一時間以上、僕たちのために集中し続けてくれたわけだ。

ずっと間近で見ていたら、さすがに申し訳ない気持ちになってしまった。

テセスが頑張ってくれた結果、全て普通の革の服、である。

「これで全部かな？　今見た限りじゃ、あの魔王さんが持ってきた防具みたいな、変な鑑定結果はなかったけど……」

テセスは疲れた素振りを見せるどころか、『まだあるなら見るよ』とか、『諦めずに明日も試してみようよ』なんて言ってくれるから、余計に気まずい。

アッシュとコルンも、『また色々な素材をとってくる』と言ってくれた。

でも、考えられる合成はやり尽くしたと思っている。

あの『お星様』は、一体なんだったのだろう？

その後はみんなにも、僕とリリアの試した方法を伝えて他の方法を考えてもらったのだが、誰も何も思いつかず、途方にくれていた。

◆　◆　◆

「ごめんね、あまり役に立てなくて……」

「あ、いや、僕のほうこそごめん……」

帰り際のテセスの言葉が、また僕の胸に突き刺さる。

「はいはい、テセスが謝るとセンが可哀想だから、もう行くわよっ」

「えっ、なんで？　もしかして変なこと言っちゃった？　ごめんね」

リリアがテセスの背中を押して、部屋を出る。

それに続いて、アッシュとコルンも僕に声をかけて部屋を出ていった。

せっかく採ってきてくれた素材だって、ほとんど無駄になってしまったのだ。

多分、みんなはそれを何とも思っていないのだろうけれど……

ただちょっと、ほんのちょっと、リリアの最後の言葉が嬉しかった。

明日はどうしようか、何を合成すればいいのか？

またオークキングだけ討伐するのか、それとも思い切って絡新婦討伐に挑戦するべきか？

そんなことを考えていた時、突然扉が開き、リリアが部屋に入ってきた。

いや、後ろにはテセスもいたし、しばらくしてからアッシュとコルンも戻ってくる。

「ど、どうしたの？」

驚いている僕に、リリアが言う。

「これよっ！　この失敗した革の服、もしかしたら成功かもしれないのよっ！」

そう言うリリアの手には、一着の革の服。

どうやら、部屋の外に出しておいた『毒とか麻痺の効果がついてしまったっぽい失敗作』の革の服らしい。

テセスもちゃんと鑑定したわけではないけれど、普通じゃない感じがしたそうなのだ。

「ごめんね、失敗品なんて鑑定してほしくなかったと思うけど、ちょっとでも気づくことがあればと思っちゃって」

そんな気持ちで鑑定してくれたわけだが、再度しっかりと鑑定し直した結果、並品質の革の服でも、『＋1』という見たことのない情報が得られたらしい。

「え……と、これって何をしたんだっけ？　確か、異臭を放った『革の服』と、別の『革の服』と状態異常回復薬を合成した『革の服』とを合成した『革の服』……？」

「違うわよっ、私の作った変な『革の服』と、センの作った普通の『革の服』と『状態異常回復薬』の三つの合成よ」

あれ？『革の服』同士を合成したんだっけ？　別に状態異常回復薬だけで良かったような気もするけど。

なんだか複雑な工程を経てでき上がった失敗作。

それが結果としてヒントになった。

今、僕たちの目の前には、大量の『普通の革の服』がある。

「はいっ！　はいっ！　私、合成してみたいっ！」

先ほどのしんみりした空気から一転、みんなの視線はリリアに集まり、徐々に期待が膨らんでくる。

リリアが革の服同士を合成し始めると、失敗を合わせて五十着あったものが、わずか一時間の間にたったの三着に。

どうやら、必ず成功するとは限らないようで、『＋2』『＋3』と数字が上がるにつれ、失敗して変化がない時も多くなった。

「えっと……『＋6』ね」

「えーっ!?　また失敗？」

八回連続で失敗してリリアも嫌になってきたようで、最後の一着は僕に譲るなどと言い出す始末。

「普通に合成すればいいんだよね？」

「うん、私は別に変わったことはしてないわよ」

僕も失敗だと勘違いしていたとはいえ、一応は経験しているから、別に方法を確認する必要はない。

でも、リリアの失敗続きを見ているし、ここで僕が成功させたらカッコいいかな？　なんて思って念のために聞いてしまった。

「じゃあ、やってみるよ……」

リリアの作った『＋6』の革の服と、残っていた一着の革の服を手に取り、それらが混ざって一つになるイメージを持つ。

つまり、完成した一着の革の服になるように【合成】スキルを使ったわけだ。

「一応できたけど……」

手に持っていた二着の革の服は、スキルを使うと一着になった。

あとは、これをテセスに鑑定してもらい、数値に変化があるかどうか。

「ごめん、疲れてると思うけど、これも見てもらっていい？」

僕はテセスに、今しがた合成したばかりの革の服を手渡す。

もちろんテセスは嫌とは言わず、すぐに鑑定スキルを使い、結果を教えてくれた。

「成功してるわ。でも、星じゃなくて『＋7』。まだ強くすることができるみたいね」

テセス曰く、『これ以上強化できないですよ』という証が、星マークなのではないか、とのこと。

それが『＋10』なのか『＋100』なのかはわからないけれど、おそらくそれに近づいているに違いない。

「センも失敗すると思ったのにぃ！　なんで成功するのよー」

テセスの鑑定結果を聞いて、リリアは頬を膨らませて不満を漏らす。

そりゃあ僕だって伊達に一年半の間、スキルを使うためのイメージトレーニングをしてきていない。

今はまだリリアよりも合成が上手くなきゃ、今度は僕のほうが悔しくて寝込んでしまいそうだ。

しかし昨晩のテセスといい、女の人って悔しがる人が多いのかな？

悔しそうな二人の表情も、結構可愛らしいなって思っちゃったりもするのだけれど……

それはさておき、革の服による実験はどうやら成功したようだ。

ヤマダさんの取り出した星マークとは異なっているものの、おそらくこれで強い防具が作れるだろうと確信した。

だが、よく考えてみれば、その性能をどうやって確かめるのか？

そして、革ではなく鉄の装備品を強化しようと思ったら、一体どれだけの金額と時間がかかってしまうのか……

少なくとも村の武器屋に、同じ防具が十個も二十個もあるわけがない。

とりあえずその日は片付けをして、それぞれ帰宅したのだった。

◆　◆　◆

翌朝、前日同様にアッシュとコルンがオークキングの討伐を行う。

一度戦っている相手だから油断したのか、コルンはオークキングの棍棒の一振りを思い切り左腕に受けてしまい、すぐに右腕も同様に狙われた。

「大丈夫か！」

大声で叫ぶアッシュ。

ワイルドボアやノーズホッグの一撃よりも、随分と重そうだ。

だが、それを受けてしまった当の本人は、小さな子供を構ってあげているような感じでオークキングに平然と対峙している。

まるで、体格の大きな赤ちゃん豚とじゃれあっている風にも見えてきた。いや、それはさすがに言い過ぎか。

昨日作ったばかりの革の服『＋7』、そしてヤマダさんが置いていった鉄の肩当て『☆』。

おそらく、コルンが身につけたその防具たちの効果なのだろう。

防具のプラス効果は、装備をつけている部分だけでなく、全身に及んでいるらしい。

僕が以前殴られた時は、結構吹っ飛ばされたし、我慢できたとはいえ痛みも随分なものだった。

それはつまり、コルンが平然としていられるのはレベルアップ以外の力のおかげだといえる。

昨日よりも少ない五発の魔法と、近接攻撃で倒れるオークキング。

剣や魔法の威力が上がっているのかどうかは判断できないけれど、かかった時間は半分ほどだった。

戦闘が終わって、早速コルンは僕とリリアのもとへ。

「セン、この防具マジでスゲェぞ！」

「こらコルン。すごいのはいいが、さっきのは気が緩みすぎだったぞ」

「あ、ごめんなさいアッシュさん」

どれだけ装備が優れていても、魔物相手ではちょっとした油断で命が失われてしまう。

そのことを身をもって経験しているアッシュの言葉だからこそ、コルンも素直に受け入れるのだろう。

僕といる時なんて、いつも『平気、平気っ』なんて言って聞きやしないのだし。

これだけ強いのなら、他の装備だって強くしたくなる。

まずは僕の服。普通の素材を使った、ごく普通の革の服。

これをコルンの装備したものと同じくらいまでは強化したい。

そしてリリアはローブだ。素材は『絹糸』を使っていて、結構良い品らしい。

最初は『杖っ！』なんて言われたけれど、魔銀（ミスリル）はそんなに余っていないし、まずは攻撃よりも死なないための防具の強化が大切だと思ったので却下させてもらった。

とはいえ、いずれは作りたい。

他を寄せつけない強力な魔法で、魔物を蹴散（けち）らすリリア。

そんなことができたなら、きっと村も平和でいられるだろうから。

絹糸の採取は、僕たちよりも【裁縫の心得】を持っている者のほうが断然早いし、高いといっても一着分でせいぜい小金貨一枚がいいところ。

これに関しては、僕たちから依頼を出したほうがいいかな。

そうすればきっと、数日後にはまとまった量が入手できるだろう。

まぁ依頼所にいる村長の娘、アメルさんからは『誰が使うのかしら？』なんて思われるかもしれないけれど。

アッシュの防具は、鉄のプレートの代わりに魔銀を使って強化する。

視界と判断力を大事にするアッシュは、決して頭に防具をつけない。

重さで動きが鈍るのが嫌なのは僕も同じだけど、兜をつけると視界が狭くなって判断が遅れる恐れがある。

魔物の攻撃を受けても大丈夫なように、ではなく、そもそも魔物の攻撃は受けてはいけない、というのがアッシュのモットーらしい。

この場にはいないが、テセスには純白の衣装を——などと思ったけれど、あれは隣町からやってきた行商人から買った品で素材がわからない。

だから、何か役に立ちそうなアクセサリーでも作れたらいいなと思っている。

そんな話をリリアにしたら、急に不機嫌になってしまったのだから難しい……

リリアもアクセサリーのほうがいいみたいだし、まだ日の高いうちに、僕たちは魔銀集めを行うことにしたのだった。

6話

魔銀(ミスリル)は、魔力のこもった金属。

通常の金属よりも強く、魔力のある限り朽(く)ちないのだと聞いたことがある。

それを僕たちは、サラマンドル湿地帯の隅で集め続けていた。

サラマンダーの棲む丘には前と同じくこの国の兵士がいる可能性があるので、決して近づかないようにし、なるべく人目を避けて行動しているつもりだ。

あくまで推測だけれど、おそらく国は勇者や兵士にサラマンダーを倒させ、レベルアップさせてから魔族領に送り込もうとしているのだと思う。

ヤマダさん曰く、魔族は魔物とは無関係だけれど、人間は先代魔王の遺(のこ)した魔石を狙って魔族領に幾度(いくど)となく攻め込んできたらしいから。

「なぁリリアぁ！　これだけあったら十分じゃねぇのかぁ？」

僕たちから少し離れたところで、リザードを狩りながら大声で叫んだのはコルン。

立派な防具を手に入れたからって、無理に近接攻撃で倒す必要はないのに。

でも楽しそうではあるので、今はコルンのやりたいようにしてもらう。

アッシュからの言いつけで、なるべく魔物から攻撃を受けないようにするための訓練でもあるらしいし。

正直言えば、リリアの魔法で水草ごと燃やし尽くしたほうが効率はいいのだけれど、そんな野暮なことを言うつもりはなかった。

「そんなんじゃ全然足りないわよー！　まだまだ、あと三倍は倒してよねっ！」

すでに一時間以上ぶっ続けで戦闘を行っていたコルンに、リリアは『まだあと三時間は戦ってね』と叫び返した。

リリアの言う通り、素材は全く足りていない。

リザードの落とす魔銀含有素材、通称『魔銀のカケラ』は、十体分でようやく使える量だと言われている。

剣を作ろうと思ったら、三十体のリザードから素材を得て初めて製作できるのだ。

今回は、魔銀の防具を十二個作って合成する。スキルが失敗することも考えると、リザード三百体分の魔銀でようやく一つの強化防具が完成するといったところだろうか。

『＋7』とは言わないまでも、せめて『＋5』は欲しい。

「コルン！　今でだいたい五百体は倒したから、あと三千体くらいだよ！　頑張って！」

終わりの見えない作業は嫌になってしまうものだと思う。

だから僕は目安となる数字を教えてあげたのだが、それを聞いたコルンは突如剣を振るのをやめてしまった。

「ど、どうしたの？　怪我でもした⁉」

僕が近寄ってコルンに尋ねると、『なんでもない』とだけ返ってくる。

元の場所に戻ったら、リリアからは『センって意外と残酷ね』なんて笑われながら言われた。

しばらくしてコルンが討伐をやめてしまったので、僕とリリアで水草の生えている一帯に魔法を放ち、隠れているリザードを燃やし尽くす。

一発の魔法で二十体ほどのリザードを倒し、少し歩いては再び魔法を使う。

ちなみに回収係はリリアの召喚獣であるピヨちゃん。ドラゴンなのだが、身内と村長以外にはそのことを内緒にしている。

回収された魔銀（ミスリル）を僕が合成してインゴットに変え、時折転移して部屋に持ち帰る。

夕暮れ時にはインゴット百五十本分の魔銀（ミスリル）が集まった。

一本で一キロ程度だろうか？　よく考えれば部屋に運んだのは失敗だったかもしれない。

あまり多く集めると、重さで床が抜けてしまいそうだ。

だけどそんな心配も、ほんの一時のこと。

中和剤を用いながら、アッシュ用の肩当てとブレストアーマーの製作を始めた。

ブレストアーマーというのは、胸に当てる金属鎧。

腕や足につける防具は『動きが制限されやすいから後回しでいい』と言われたので、先にブレストアーマーと肩当てだけを借りている。

◆　◆　◆

翌朝、僕は『魔銀(ミスリル)の肩当て＋5』そして『魔銀(ミスリル)の胸当て＋5』をアッシュに渡す。

思いの外(ほか)、強化の失敗が重なったけれど、それぞれ十五個ずつ合成して、消費したインゴットは九十本。

リザード討伐の貢献者であるコルンにも、残った六十本の魔銀(ミスリル)でレーヴァテインの強化を行った。

テセスに見てもらったところ、鑑定結果は『魔銀(ミスリル)の大剣＋6』らしい。

さすがに僕たちが勝手に名づけた名前までは鑑定では表示されないみたいだ。

コルンの戦い方は見ていて危なっかしいから、本当はしっかり防御力の強化をしたほうがいいのだろう。

ただ、コルン自身『攻撃は最大の防御だ！』なんて言っているし、これで気合が入るならいいかと思った。

四人で討伐へ向かうために、アッシュが新しい防具を身につける。

ちなみに、見本で借りたアッシュの鉄製の装備は、そのまま僕の部屋に置いてある。

この場でアッシュに返しても荷物になってしまうし、アッシュが『好きにしていい』と言ってくれたので、今後の防具作成のために使わせてもらうつもりだ。

コルンは布に包んだままのレーヴァテインで素振りをして、アッシュに『危険だ』と注意されていた。

強化されているのだし、間違ってどこかにぶつかりでもしたら大変なことになるんじゃないか……

とにかく準備ができたので、まずはオークキングで試してみる。

これで手応え（てごた）を感じられれば、わざわざ隣国エンドリューズまで行って魔符を作る必要もなくなるだろう。

オークキングの出没する場所まで移動し、コルンが前に出て戦い始めた。

「よっしゃぁ！　今度は一撃も貰わねぇぜっ！」

意気込んで剣を構える後ろで、僕たち三人はコルンの戦闘をただ眺めている。

アッシュが出るまでもなく、コルン一人でオークキングくらいは倒せてしまうだろうし、純粋に新しいレーヴァテインの威力を見てみたい気持ちもあった。

「赫灼一閃（ミスティルテイン）！」

コルンがそう叫ぶと、新しいレーヴァテインは真っ赤に燃え上がり、オークキングの胴を貫（つらぬ）いた。

以前だったらスキルを使うのに時間がかかっていたけれど、特訓のおかげなのか、すぐに発動してオークキングに攻撃の隙を与えない。

続けざまにもう一撃。

さすがに連続でスキルを使うのは難しいのか、ここは普通の薙ぎ払い。

剣を引き抜いてからの動きは小さく、振り上げられた棍棒をしっかり目で追って避けている。

そんなコルンの動きに見とれていたものだから、大事なことが全然わからなかった。

結局何回の攻撃で倒せたのか、本当に剣は強くなったのか？

「うん、すごく斬れるぜ。これからもよろしくな、レーヴァテイン！」

まぁ、コルンがそう言ってくれるのなら問題ないのだろう。少なくともお世辞を言う性格ではない。

今の動きはアッシュからも褒められているようだったし、これなら絡新婦（じょろうぐも）だって普通に倒せるかもしれない。

それでも念には念を入れて、この後もまたリリアとともに魔銀（ミスリル）を採取する予定。

僕とリリアはアッシュとコルンと別れ、サラマンドル湿地帯に移動した。

今日の目標はリリアの杖と、僕にも強化防具を一つ作ることだ。

アッシュやコルンみたいな金属鎧が良かったのだけど、リリアから『防御力が高ければ見た目は関係ないんじゃない？』なんて言われた。

言われてみれば、思い当たることはある。

例えば『体当たり』。どう考えても装備の強さと吹き飛ばされやすさは関係ないと思うのだけど、リリアにはその原因がなんとなくわかっているらしい。

「魔王さんが『世界樹』のこと喋ってたじゃん」

「ごめん、よくわからなかったし頭に入ってないや」

「ははっ、センだったらそうかもね」

簡単に言うと、世界樹はこの世界の『理(ことわり)』そのものだそうだ。

世界樹の齎(もたら)す色々な力が、世界に影響を与えているんじゃないか、というのがリリアの意見だった。

人間にスキルを授ける水晶や、魔法が使える魔石。前の魔王は世界樹に干渉してそういったものを作ったそうだが、そのために世界が変わってしまったのだろうか？

正確なところはわからないけれど、僕とリリアはそんなことを話し合っていた。

「まぁ半分……も当たってないけど、いいや」

そう言って急に僕たちの背後に現れたのは、ヤマダさん。例によって見たこともない怪しげな衣装に身を包んでいる。

「これか？　少し暑くなってきたからな。『作務衣(さむえ)』って俺は呼んでる」

「え、あ、そうなんですか。涼しそうですね……」

相変わらず本当に急にやってくるものだから、対応に困る。

今回ヤマダさんが来たのは、僕たちが装備の強化を成功させたことを祝うためらしい。

別に何かをくれるわけでもなく、ただ『おめでとう』と。

いや、すでに強力な『肩当て☆』を貰っているのだし、素直にお礼を言うべきだろう。

「あの……ありがとうございます、ヤマダさん」

僕がお礼を言うと、ヤマダさんは笑顔で『いやいや、楽しませてもらってるから』なんて言った。

人が真剣なのに、この人は楽しんでいるのか。

そう思っていた僕は、少しむくれた表情になっていたと思う。

「それはそうと、さっきの世界樹の話」

僕たちの話をどこかで聞いていたらしく、何か言いたいことがあるようだ。

「・・・・・・リリリアが言ってたので大体合ってるんだけどさ」

「その呼び方やめてくださいっ！」

即、リリアからの抵抗。

それを見たヤマダさんはやはり笑顔だった。

この人は真剣な時でもボケを入れるのだと、つくづく理解させられる。

ヤマダさん、僕の前では『あのお嬢ちゃん』とか言ってたけど、二人はけっこう仲良しなのかな？

まぁ、当のリリアは僕の後ろに隠れて本気で嫌がっているように見えるけれど。

「世界樹が色々と影響を与えているのは合っているよ。ただ、今起きているのは全くの逆。世界樹の影響がなくなってきているんだ」

飄々とした様子で喋るものだから、僕はそれが冗談なのか本気で言っているのかわからなくなる。

そもそも世界樹の影響を理解していないのだから、なおさらだ。

でも僕の後ろにいるリリアは、その言葉に質問で返していた。

「それって先代の魔王が何かしたっていう影響のこと？」

背後には怪訝な表情のリリア、正面にはおちゃらけた様子のヤマダさん。

その間に挟まれて話についていけない僕。

「違う違う、世界樹は元々この世界を作り上げた存在だよ。それが力を失いつつあるんだ」

ヤマダさんはさらに難しい話をし始めるし、リリアもまた『なんでそれがわかるのよ？』なんて返す。

これ、絶対にリリアは理解して喋ってるのだろうけれど、本当に僕にもわかるように教えてほしい。

その後も二人だけの会話が続いて、僕は一人湿地帯を眺めていた。

「リリリリアよ、今こそ世界樹を救うべく立ち上がるのだ！」

「アンタ、絶対それ言ってみたかっただけでしょ」

「まぁな。センが理解できていないみたいだから、リリアに頼んだほうが早いだろ？」

「わ……わかったわよ。そこまで言うからにはアンタも手伝ってくれるんでしょうね？」

僕の知らない間に、何か約束事が決まったように聞こえるのだけど。

リリアも渋々って感じだし、あまり良い話ではないのだろう。

「じゃあな、また時々様子を見にくるぜ」

そう言ってすぐに消えてしまったヤマダさん。

ため息をつくリリアと、呆けている僕を残して……

「リリア、どんな話だったの？」

「んー……端的に言えば強くなりなさいってことかな？　なんか、世界が長くは保(も)たないんだってさ」

正直言って『は？』である。

強いと世界が守れるのなら、ヤマダさんとかデュランさんがそうすればいいんじゃないか？

何にせよ、今僕たちがやることを変更する必要はないそうで、リリアも改めて湿地帯の方を向く。

「あの魔王、は・ら・た・つー！」

僕も気合を入れ直して——と思った矢先、リリアがそんなセリフとともに巨大な火球を湿地帯めがけて放った。

その威力は、これまで見たもので一番だと断言できる。

地面の一部が干上がり、多くのリザードを駆逐していたのだ。

魔銀(ミスリル)を集めた後は僕の部屋に戻り、改めてリリアからヤマダさんとの会話の内容を聞いてみた。

「世界樹の力が、何かによって小さくなってるんだってさ。だから頼みたいことがあるらしいんだけど、詳しくは教えてくれなかったわ」

先代魔王の影響っていうのも、正直言えば異変なのだけど、そうではない別の異変が起きているのだそうだ。

ヤマダさんはそのことを、魔物の棲息域の変化や、スキルの変則的な発動なんかで以前から感じ取っていたらしい。

今はまだ恐るべき事態というほどではないので、『ぼちぼちレベル上げを頑張ってほしい』と言っていたのだとか。

「魔物の棲息域って、山にしか出ない魔物が麓まで下りてきたりとか？」

前にコルンと一緒に村の外へ出た時、山から下りてきたワイルドボアに遭遇したことを思い出した。

「そうみたい。元々は世界樹のおかげで村の中には魔物が入らないんだって言ってたわ」

「でも僕、村でスライムを見たことあるけど」

「じゃあ、その頃には異変が起きていたのかもしれないわね。でも、考えてみたら私、村の中ではレイラビットすら見たことないもの」

確かに畑や看板なんかは時々荒らされるけれど、生活している場所には魔物はいない……

「ピヨちゃんは魔物じゃないものねっ」

「キュ！」

あぁ、そういえば使役されている魔物は村にも結構いたなぁ。

それはまた別なのだろうな……

「それでね、私だって『そんなのアンタたちでやればいいじゃない』って言ったのよ」

あ、僕も気になったところだ。

強かったら世界が救えるのなら、別に弱い人間なんかに頼らなくてもいいのに。

「そう言ったら『俺は別の世界の人間だからな、キミたちの世界くらいキミたちで救いなよ』だってさ。散々魔王城でいい思いしているくせに、都合のいい時だけ異世界人設定を使って！」

リリアは怒ってるけれど、ヤマダさんの声マネが少し面白くて、内容が入ってこなかった。

「ねぇ聞いてる？」

「え、うん。聞いてるよ」

危ない危ない、ちょっと顔がにやけていたみたいだ。

7話

集めた魔銀(ミスリル)で、リリアの杖と僕用の『守』『防』の魔文字を組み込んだアンクレットを準備した。

ピヨちゃんの爪と同じく『自』は入っていないので、自動ではなく僕が魔力を通して発動するタイプだ。

リリアほどの魔力はないから、常に発動しているとすぐに枯渇(こかつ)してしまいそうだし。

ちなみに指輪にしなかったのは、これからの暑い季節、日光で熱を持ちやすい金属を身につけるのが嫌だったから。

すでに作ってしまった四大属性を組み込んだ指輪は仕方がないけれど、アンクレットなら靴の隙間に隠れるから、それほど熱くならないと思う。

リリアの杖は『ロッド＋7』で、僕のは『魔銀(ミスリル)の防具＋4』となっている。

杖はもう一つ改良した点があって、それが見た目。

四色のルースを使っているものだから、僕ではどれだけやっても黒い杖にしかならなかった。

それをリリアは、ルースが混ざり合う位置を調整して、持ち手の部分に集中させた。

結果として、まるで持ち手に黒い布を巻きつけたような、白銀の杖ができ上がったのだ。

最後までリリアが自分で合成すればいいのに、途中で『強化はセンがやってね』なんて言って渡されてしまう。革の服の時は、えらく合成したがっていたのに。

もちろん『良質な絹糸』も手に入り、ローブも新調した。

一着作るだけなら三束もあればいいのだけど、注文したのはその三十倍以上。

さすがに怪しまれて当然だと思ったが、行商人や冒険者は特に何も言わず手持ちの絹糸を納品してくれたそうだ。

匿名の依頼ではあったけど、依頼所には前金で報酬と手数料を渡しておいたし、量が量だったので二割ほど色をつけておいたのが良かったのだろうか？

手数料でまとまった収入が村に入るので、依頼所のアメルさんも『村の柵や看板の修繕依頼が出せるわ』と喜んでいた。

もちろん、アメルさんは依頼者の情報を他に漏らしたりはしない。

そんな信用のおけない依頼所は誰も利用しなくなってしまう。

たまに例外として、依頼人の困っている事情を伝えてくれたりはするけれど、それも依頼者の確認を取ってからでしかあり得ない。

まぁ、アッシュの恋人っていうのは本当らしいから、僕たちのやりたいことを少しくらい知っているのかもしれないな。

ともあれ、染色していない絹糸を受け取り、いくつかのルースとともに合成した。

最初は可愛らしい薄紫のローブだったのだけど、僕が続きを行うと、いつもの黒に近い灰色へと変化してしまった。

『信じられない……』とリリアは残念そうにしていたが、『ま、この色も嫌いじゃないからいいや』って言ってくれたのは、彼女の優しさだろう。

僕にとって、リリアのローブは『この色』っていうのが意識に染みついちゃっているのだと思う。

ローブには紫の『痺』『毒』、黄色の『抗』、緑色の『風』が使われていて、同時に発動することで状態異常耐性の効果が得られる。これはヤマダさんに教えてもらった。

『風』が入っているのは、目で捉えることが難しい『風』の魔法攻撃による耐性を得ておいたほうがいいと、ヤマダさんにアドバイスを受けたからだ。確かに、火や水は目視できるが、風は瞬時に判断するのは難しい。

まぁどちらにしても『自』動で発動するわけじゃないし、魔銀の防具同様、魔力を通さなければ効果はないのだけど。

そうして一通りの合成を終えた僕とリリアは、アッシュとコルンと合流し、絡新婦のいる洞窟の入り口に来ている。

少し前の僕でも、子蜘蛛の攻撃にはそこそこ耐えることができた。

だから装備を強化した今なら、大怪我を負うこともないだろうという判断だ。

想定外だったのは、テセスも一緒に来てしまったこと。

教会の仕事を放り出してまで来るなんて、と思っていたら、なんとシスターを辞めてきたのだそうだ。

天職じゃないかと思っていたのは、僕たちだけみたい。

「ちゃんと言ったじゃない。センが冒険に行くなら私もついていくって。なのに、みんなだけで勝手にコソコソと準備を進めちゃってさぁ！」

テセスがそう言って怒るものだから、誰もついてくるのを止められなかった。

シスターは辞めたけど、転移を使えばいつでも村に戻れるから鑑定の仕事は続けるそうだ。

テセスに憧れて教会で見習いをしている子もいるという話を思い出し、『その子の面倒は？』って聞いたら、『私の人生、他人にとやかく言われたくないわ』だって。

そうは言っても怪我をされたら困るので、ピヨちゃんとともに後ろの方で僕たちのサポートに徹してもらうことになった。

改めて戦闘の流れを確認。

落ちてきた子蜘蛛の対処は僕が引き受け、親蜘蛛は遠距離から水魔法で攻撃。

ダメージを受けたら一旦下がって、テセスに癒してもらう。

僕たちは『復』の魔文字を入れたアクセサリーを転移のためにしか使っていなかったけれど、テセスは聖女として人々の治療を行い、知らない間に治療の腕前を随分と上げていた。これは心強い。

洞窟の中にいたキングスパイダーは、外からリリアの火魔法で焼き尽くした。

熱気だけが外まで漏れてきて、テセスはビックリする。

だけど、それも一瞬のこと。

「リリアちゃん、すっごーい！　ねぇ、今度私にも魔法を教えてよっ」

リリアは、褒められたり尊敬されたりするのにあまり慣れていないのだろう。

テセスに抱きつかれて、しばらく無言のまま口元が緩んでいた。

でも、少ししたらテセスの胸元辺りに視線を落として暗い表情をしていたので、何かあったのかと気になってしまう。

ボスのいる場所まで移動する道中、リリアは『小さくなる魔法……』『平らになる魔法……』なんてブツブツ言いながら、魔文字の組み合わせを考えているみたいだった。

巨大な絡新婦(じょろうぐも)にかける魔法だろうか？

もしそれが上手くいけば倒すのがもっと楽になりそうだし、頑張って見つけてほしい。

歩き続けてたどり着いたのは、巨大な空間。もちろんそこには絡新婦(じょろうぐも)がいるのだろうけれど、姿は見えない。

眼前に広がる無数の蜘蛛の糸と、キシキシ鳴いているキングスパイダーの群れ。

今はまだ通路を塞(ふさ)がれていないし、魔物が襲ってくる様子もない。

だが、再びリリアの魔法で周囲を焼き払った瞬間から、その状況は一変する。

「来るよっ！　みんな、気をつけてっ！」

僕がそう言わなくたって、みんなすでに武器を構えている。

もちろん僕も、頭上から落ちてくる三匹の子蜘蛛をしっかり確認し、そこにめがけて『アシッドレイン』を放った。

あれだけ苦戦していたはずの子蜘蛛がたった一撃で動かなくなるのだから、水魔法が弱点というのは間違いないだろう。

僕は再度現れるであろう子蜘蛛に備えて、再び水魔法を待機状態にする。

後ろではリリアが強力な魔法を準備、その間にアッシュとコルンは、水の玉を何度も撃ち出していた。

すると、絡新婦(じょろうぐも)が再び子蜘蛛を産み落としたと同時に、自らの巨体も地面に下ろしてきた。

目の前に現れた巨体と三匹の子蜘蛛を恐れ、間髪を容(い)れずに僕は再びアシッドレインを放つ。

その直後、目の前に絡新婦(じょろうぐも)を包み込む水の柱が出現。

それがリリアの魔法だと理解した瞬間、僕は水柱と距離をとる。

リリアのことだから、そんなことはあり得ないだろうけれど、もし巻き込まれでもしたら無事では済まない。

次第に渦(うず)ができ、勢いを増す水柱の中で鳴く絡新婦(じょろうぐも)。

僕たちも強くなったはずだし、それで倒せたかもしれない、と思った。

だけど、見るからに瀕死(ひんし)の状態ではあるが、絡新婦(じょろうぐも)は生きていた。

しかも巨大な火球を作り出し、次の瞬間には僕の後方めがけて放ってきたのだ。

僕もリリアも、たった今魔法を撃ったばかり。

絡新婦(じょろうぐも)の火球を相殺(そうさい)できるほどの水魔法は、すぐには使えない。

アッシュとコルンの頭上をかすめ、リリアの即席の水魔法を受けても勢いの衰えない火球は、一直線にテセスのもとへ。

そばにいたピヨちゃんとともに、火球に呑み込まれるテセス。

みんなの心配する叫び声が聞こえ、ついてくるのを止めるべきだったと後悔する。

今は絡新婦討伐を優先しなければならないのに、僕の意識はテセスの方にばかりいっていた。

そんな状態だから、絡新婦が僕に爪を振りかざしているのにも当然気がつかなかった。

直後に右腕に鈍い痛みが走り、ようやく僕は魔法の準備を始める。

それからは、夢中で絡新婦を攻撃した。

すでに動きの鈍っている絡新婦を仕留めるのは、そう難しくはない。

完全に動きが止まったことを確認し、僕は叫びながら後ろを向いた。

「テセスっ！」

もはやレベルアップをしたのかどうかさえわからないほど、僕は焦っていた。

「センっ、お疲れ様っ！」

その視線の先には、こちらに向けて手を振るテセス。

無事を確認できて安心し、すぐにリリアが回復魔法を使ったのだろうと納得した。

「テセス、大丈夫だったの？」

「あんな火の玉くらいで怖がるなら、冒険者になりたいだなんて言わないわよ」

心配して駆け寄った僕に、テセスからまさかの返事。

リリアからは『ピヨちゃんの心配もしなさいよっ』なんて言われてそちらに目をやると、どうやらピヨちゃんも無事のようだった。

「それにしても、リリアは治癒魔法も上手なんだね。テセスに怪我一つ残ってないじゃん」

討伐後に使えそうな素材を探しながら、僕はそう声をかける。

牙に爪、体内からは熱を帯びた赤い石が見つかった。他に武器や防具の素材になりそうなものがないか、確認しているのだ。

「私は何もしてないわよ。センが『炎が効かない』みたいなアイテムを作ったんじゃなかったの？」

「え？　僕も何もしてないけど……」

むしろ、そんなアイテムが作れるのなら、あらかじめ全員分用意していた。

僕だって、あの火球を間近で食らいそうになって、随分と怖い思いをしたのだし。

不思議に思った僕たちは二人してテセスの方を見て、それに気づいたテセスから『どうかした？』なんて聞かれてしまう。

むしろこっちが『何をした？』なのだけど……

結局、牙と爪と赤い石、それに蜘蛛の目と思われる水晶体を八つ回収した。

肉は食べられそうにないし、皮も毛深いだけでそれほど頑丈ではなかった。

前に来た時の死体はなくなっていたので、いくら大きいといっても他の魔物の餌（えさ）になってしまうのだろう。

素材の回収を終えた僕たちは、村に戻る前にオークキングを倒しに向かった。

アッシュとコルンではなく、テセスのレベルアップのために。

「この杖を持って、さっきみたいな火の玉をイメージすればいいのね？」

魔法の練習も兼ね、リリアが手渡した杖を構えるテセス。

当然テセスに怪我をされては困るので、他の四人はいつでも動けるようにそれぞれ準備している。

だが、その必要がなかったことを、僕たちはすぐに思い知らされたのだった。

「火の玉、飛んでけー！」

そう言って杖を前にかざすテセス。

瞬時に火の玉が形成され、一直線にオークキングのもとへ飛んでいった。

真っ赤な火球は、熱気こそリリアの青いそれには劣るものの、絡新婦（じょろうぐも）の放ってきたものとほぼ同じくらいの大きさ。しかも、ごく短い時間での発動だ。

「もう一発、えいっ！」

同じ魔法を続けざまに発動するテセス。

その火球に呑まれたオークキングは、あっけなく動きを止めた。

テセスはたった二発、それも簡単に放った火球によって倒してしまったのだ。

「やっぱりリリアちゃんの魔法はすごかったなぁ。私なんか、まだまだ全然だねっ」

オークキングが動かなくなったことを確認したテセスが、振り返ってリリアに言う。

謙遜なのか、本気なのか……

杖を返してもらったリリアが、悔しそうにしているのがよくわかる。

強化した杖のおかげでもあるのかもしれないけれど、それでもリリアが短時間で放つ魔法はそれほど強くない。

それは僕も経験して知っていたし、テセスの異常さに疑問ばかりが残るのだった。

8話

オークキングからも素材を回収し、僕たちは村に戻った。

やはり肉を食すのは抵抗があったし、得られるのは牙と棍棒くらいのものだ。

棍棒はすでに五本も持ち帰っているので放置して、今回は牙と魔石を一つ手に入れた。

今日の鑑定依頼を確認すべく、僕たちはテセスとともに教会へ向かう。

教会に着くと、テセスに気づいた一人の小柄な少女がこちらに駆け寄ってきた。

「テセス様、私も連れていってください！」

きっとこの少女が『テセスに憧れて教会に入った見習いシスター』なのだろう。

まだ幼さは残るものの、身なりだけは一人前のシスターである。

「ダメよ。それは貴女（あなた）が本当に望んでいることではないでしょう」

「ですが……」

少女は悲しそうな目で見上げているが、テセスは相手にしなかった。

「シスターさん、鑑定をしに来ました」

「あら、今日は皆さんお揃（そろ）いなのですね」

いつもなら鑑定は講堂の隅で行われるが、今回はアイテムを教会で一時的に預かっているので、奥の小部屋に通される。

ズラッと並ぶポーションやルースの他、見たことのないアイテムがいくつか。

中には今年啓示を受けたばかりの子が作ったであろう、お世辞にも売り物になるとは言えない小瓶も置いてあった。

「低品質……と、これはマルクスくんの作品かな？」

一つずつ丁寧に鑑定をしていくテセス。

仕事の邪魔をするわけにもいかず、僕たちはただ見ているだけだ。

あまりに静かなものだから、部屋の外から床を箒（ほうき）で掃（は）く音が聞こえてくる。

きっとさっきの少女が掃除しているのだろう。

しばらく時間がかかるということで、僕たちは先に部屋を出て、講堂で待たせてもらうことになった。

「んー、終わったわ。ごめんね、待ってもらっちゃって」

一通りの鑑定を終え、それらを紙に書き留めたテセスは、シスターに後を任せて部屋を出てきた。

テセスはシスターから鑑定料を受け取り、その一部は仲介料としてシスターに返す。

今は教会で働いているわけではないので、【鑑定】の正規の報酬として受け取っているという。

テセスが教会の仕事を辞めるかもしれないことは、シスターも以前から聞かされており、その際に作った取り決めだそうだ。

突然『もう鑑定はできない』となったら、教会に迷惑をかけてしまうから、と。

テセスに憧れる少女からの視線を教会を出るときも感じつつ、とね屋に行って僕たちは遅めの昼食をいただいた。

「どうしてテセスは教会を辞めちゃったの？」

話を蒸し返したせいか、テセスはムッとする。

「なに？　私がいると迷惑なの？」

横から『今のはセンが悪い』なんてアッシュに言われて、僕は質問を変える。

「あ、いや、さっきの見習いの子が寂しそうにしてたからさ。あの子とは何も話してないのかな？　……って」

辞める理由は、冒険者になるから。

その夢は以前にも聞いたし、それを否定するつもりはない。

ただ、一緒に出かけたりするくらいなら、教会を辞めなくてもできると思ったのだ。

「私は、自分の夢を追いかけているだけよ。そんなことに他人を巻き込むなんて嫌じゃない」

あの少女――名をマリアというそうだが、彼女はテセスに憧れてシスターを目指したらしい。

だけどマリアはマリア。どう頑張ったってテセスにはなれない。

酷なことを言えば、鑑定スキルを持たない時点で、テセスと同等の扱いを受けることは断じてないと言い切れる。

テセスに憧れてついて回っているだけでは、自身のスキルを伸ばすことも疎かになり、結果的にマリアのためにならないと考えたそうだ。

「ちなみに、あの子のスキルは何だったと思う？」

今度はテセスからそんな質問をされてしまう。

横からアッシュが『あぁ、あの子か、それなら……』と言うと、テセスは眼力だけでアッシュを黙らせた。

アッシュは毎年啓示の儀式に立ち会っているから、大体の者のスキルを把握している。

僕は少し考えて、『植物か鉱石の知識系のスキル？』と答えた。今年は珍しいスキルを得た者はいないと聞いていたから。

ごく一般的なスキルで思いつくのはこのあたりだろう。

「あの子、実は結構珍しい【薬学の心得】を得たのよ」

それを聞いたリリアが驚き入る。

「それって、王宮の薬師が持ってるっていうスキルじゃない!?」

「えっと……それは知らないけれど、普通よりも効果の高い薬が作れるスキルなのよ。そんなのを使いこなせたら、生活に必要なお金を稼ぐことだって簡単だし、有名になるのも不可能じゃないわ」

僕も聞いたことがあるけれど、確か【薬学の心得】はポーションや状態異常薬の製造と使用に特化したスキル。

レベルが上がれば高品質の中級ポーションだって作れるらしいから、お金に困らないのは間違いない。

なにより、薬の扱いに長けている者が使用するのとそうでないのとでは、効果が倍ほども違うと言われている。

嘘か真かはともかく、そんな人物を抱え込もうという貴族はかなり多いそうだ。

「……って、デッセルさんから聞いたことはあるけど」

僕がそんな話をすると、テセスは少々悩んでいる様子だった。

今はそのマリアという子は、【植物の知識】を得たことにして生活しているらしい。

本人も珍しいスキルを授かったことは喜んでいたけれど、王都に連れていかれるかもしれないとなれば話は変わる。

村には親がいて、突然の一人暮らしを強いられるのは不安なのだそうだ。

それは僕やリリアが【合成】のスキルを隠したいという思いと同じなのかもしれない。

ただ、平和に暮らせたら良いと思っていた。

リリアに関しては、裕福な暮らしに憧れている雰囲気もあったけれど。

ともあれ、そんな事情もあって、テセスはマリアから離れようと思ったらしい。

「あの子が自分でシスターの道を決めたのだから、私なんか見てちゃダメ。私は冒険者になる夢を捨てきれないでいる、中途半端な女なのだから」

せっかくのスキルを生かすも殺すも自分次第。

テセスは他人の人生まで背負うつもりはないと言い切る。

『でも、あの子がシスター見習いになってくれたおかげで私はやりたいことができるし、感謝もしているわね』なんて、笑ってもいたけれど。

◆　◆　◆

その日の夕方、例によって魔銀集めを終えて帰宅した僕は、いつも通り母の作った晩御飯を食べ、自室でネックレス作りを行っていた。

隣にいるテセスに、どんなのが良いかと意見を聞きながら。

そうしてでき上がったのは、『治』『異』『飛』の魔文字を含んだ赤紫色の『魔銀（ミスリル）のネックレス＋6』。

『治』は珍しい魔文字だけれど、長いこと魔石を集めていたので三つ持っていて、この機会に使ってしまった。『治』単体で怪我の治癒に使えるので、『異』と合わせれば怪我以外の状態異常にも少しは効果があるかもしれない。

試したことはないけれど、ヤマダさんが言っていたのだからたぶん大丈夫。

『飛』に関しては、戦闘中だと対象に近づけないことも多いため、離れていても魔法が届くように入れるといい、とのこと。

今回のネックレスは、以前僕が作ったものと重ねづけができるように、一回り大きくしてある。

それを早速身につけたテセスは、ふと話を切り出した。

「ねぇ、やっぱりお願いしてもいいかな？」

何をお願いされるのか聞いてみなくては返答できないけれど、僕は無下（むげ）に断るつもりもない。

僕が少し首を傾げると、テセスは続ける。

「私だけ、センから色々作ってもらって、それで『聖女』だなんてもてはやされてさ。みんなの前では偉そうなことを言ったけど、やっぱりズルいのかな？　なんて思っちゃって」

別に悪いことをしているわけじゃないし、テセスが負い目を感じる必要はないと思う。

それに、成り行きで聖女なんて呼ばれるようになったけど、テセスはその役目も立派に果たしていたのではないだろうか。

そんなことを、僕は自然と口にしていた。

「ありがと。まぁ、それはいいんだけどね」

あ、それは別にいいのか……

結局何のお願いなのかと思って聞いたら、マリアにもアイテムを一つ作ってあげられないかという相談だった。

「マリアが私みたいになりたいなら、私と同じようなチャンスが一回くらいあってもいいよねって。まぁ結局のところ、私もまだまだ甘い考えをしてるってことなんだけど」

テセスは、僕がいたから今の立場になって周りから慕われるようになったのだと言う。

そんなことはない。

僕こそテセスのおかげで希少なスキルを得て、こうして暮らしていけているのだから。

まぁヤマダさんが来て大変なことに巻き込まれているのも、そのスキルのせいなのかもしれないけれど……

結局、僕は一つのアイテムを用意することにした。

それを使うかどうかは、マリア本人の気持ち次第だ。

◆　◆　◆

数日後、僕たちは日課の絡新婦狩りと鑑定依頼の消化を行っていた。

もう絡新婦にも慣れたもので、僕とリリアは交互に水魔法を使い、子蜘蛛の相手はアッシュとコルンがしている。

テセスのあの強力な魔法は気にはなるものの、本人は『リリアちゃんには敵わないわよ』なんて言って、いざという時の回復に専念していた。

テセスに新しいネックレスを渡してからは、絡新婦の麻痺攻撃を受けてもすぐに回復してもらえるし、魔文字の効果はしっかりとあったみたいだ。

その日も、いつものように教会に入ると、突如マリアが駆け寄ってきた。

「あっ！　テセス様、助けてくださいっ！」

マリアが泣きそうな表情でテセスにすがりつく。

「何？　どうしたのよ一体？」

テセスが聞くと、マリアは僕たちを引っ張って奥の小部屋へと移動した。鑑定に使用していた場所だ。

「で、どうしたのよ？」

「昨日……冒険者さんが怪我をして運ばれたんです……」

座って落ち着きを取り戻したマリアが、ゆっくりと話し始める。

怪我をした冒険者が運ばれるなんてことは日常茶飯事。

教会にはポーション類が常備されていて、いざという時にはそれを使用する。

もちろん、お代をもらうことが多いのだが、あくまでも寄付金という形で、教会側から金額を指定することはない。

「もしかして、渡した指輪の力を使ったの？」

僕の作ったものは、魔文字の『復』を三つ、『異』を一つ、『活』を一つ含んだ、小さな魔銀(ミスリル)の指輪。

『活』には人を元気にする力があるみたいなので、マリアに元気になってもらおうという気持ちで加えておいた。

要するに、僕がテセスに作ってあげたネックレスとほぼ同じ効果のものだ。

指輪の力を使えば、確かに『聖女』のような扱いを受けることはできるかもしれない。

だけど、それには困難だってつきまとう。

だからテセスは、『マリアの本当になりたいものは何なのかを考えてから使用することね』と言って、マリアに指輪を渡したのだ。

「ち、違うんです！　私も迷ったのですが、指輪に頼ってはいけないと思い、奥からポーションを持ってきたのです！」

当時はたまたまシスターが出かけていて、マリアが怪我をした冒険者にポーションを使ったらしい。

普段は入らない保管庫なものだから、どれが何の薬かよくわからない。

そんな時、テセスのよく使っていたポーションを見つけて、これが『下級ポーション』に違いない、と思ったそうだ。

それをマリアが使ったところ、瀕死の重傷だった冒険者がみるみる回復して元気になった。

あまりの効果で騒ぎとなり、冒険者たちはマリアに仲間になってほしいと言い寄ってきたそうだ。

「えっと……もしかしてテセス、僕の中級ポーションを常飲してた？」

テセスは時々『また中級ポーションの在庫が少なくなっちゃって』なんて言って僕に作らせていたけれど、そのまさかだった。

「ごめん。あまりに効き目がすごいから、つい……」

これで、アッサリと真相がわかった。

つまり、テセスの栄養ドリンク代わりになっていた僕の中級ポーションが、いくつか保管庫に残っていたのだ。それをマリアが見つけて使用し、しかも【薬師の心得】があるものだから効果はさらに高まって……

「すぐに回復して、みんな驚いてました……」

「そりゃあ誰だって驚くよ」

僕はテセスの方を向いて、冷たい視線を浴びせる。

「ご、ごめんなさい……」

まぁ、テセスも『自分がやりたいように』やっていただけなのだろう。


僕たちは次の日、朝から教会にいた。

「私が持ち帰ったポーションのせいで、みんなを驚かせてしまいました。ごめんねっ」

そんなテセスの言葉で冒険者たちは納得して、『やっぱりな』『そんなことだろうと思ったぜ』と口々に言う。

僕の作った中級ポーションのせいとはいえ、半分はマリアのスキルの効果でもある。

だからマリアの力で癒したというのも本当だけど、本人は今はこれで良かったのだと言っていた。

あれからマリアも随分と落ち着いたようで、『この村でたくさんの人を癒してあげたい』と口にしていたそうだ。

ちなみに、テセスがまだシスターだった頃は、ネックレスを借りて治癒魔法の練習もしていたらしい。

今でも時折、魔法で怪我を治すことがあるけれど、大怪我をした人には自分で作った中級ポーションを使っているという。

『聖女様からいただいたポーションを……』なんて言いながら。

9話

絡新婦（じょろうぐも）討伐が日課になって、もう一ヶ月は経つ。

毎日暑い日が続くものだから、隣国エンドリューズを目指すのも、ずっと先延ばしになっている。

正確には、討伐のための魔符を必要としなくなって、すっかり忘れていたのだ。

そうやってダラダラ過ごしていた時に村にデッセルさんがやってきて、エンドリューズ行きのことを思い出した。

そこで、僕の家を訪ねてきたデッセルさんに同行を頼んでみると――

「申し訳ございませんが、荷馬車の中はポーションで埋まっておりまして」

僕一人だけでもエンドリューズへと思ったのだが、デッセルさんからハッキリと断られてしまった。

この時期は夏バテの疲れを取るための下級ポーションが山ほど積んであり、それを待っている人たちもいるので、信用のために荷を軽くすることはできないのだそうだ。

そんなわけで、デッセルさんが僕にお願いしたいことは今回も『中級ポーション』の納品だった。

「あれからセンさんも腕を上げたことでしょうし、どうです？　高品質といわずとも良品質のものくらいは作れるのではないですか？」

実は前回納品した中には良品質のものも含まれていたのだが、テセスに頼んで鑑定書には『並』と書いてもらっていた。

さすがにデッセルさんも、鑑定書のついたアイテムを再鑑定することはなかったらしい。

何かのトラブルでも起こって、『今一度鑑定を』なんてことになったら、品質の違いに気づいてしまっただろう。

まぁ、それでも過小報告をしているだけだから、文句を言われることはないと思うけど……

「うーん、僕も頑張ってスキルの腕を上げてきましたし、『良品質』も混じるかもしれませんね」

笑いながらそう言い、今回も『並品質』を納品する予定だった。

ところが、その後テセスを呼んで中和剤も使わずに作った中級ポーション六十本は、どれも良品質になってしまった。

いや、全てを鑑定してもらったわけではないが、最初の一箱が全部そうだったから、残りも全てそうだろう。

改めて作り直すにしても、デッセルさんから預かった素材は使い切ってしまったし、故意に品質を落とす術（すべ）も浮かばない。

もちろん、低品質や粗悪品でいいのなら不可能ではないけれど……

◆　◆　◆

その日の昼過ぎ、再びデッセルさんがやってくる。

今回、品質については不問だったので、『半日で作れますよ』なんて言ってしまったのだ。

「センさん、早速ですが受け取りに参りましたよ」

玄関に笑顔で立ち、『これからフロイデルに向けて発つつもりです』と言うデッセルさん。

僕のことだからと信用して、早めに出発する予定を組んでいたらしい。

そう言われてしまうと『待ってください』とも言い出しづらく、僕は仕方なく先ほど作った六十本を手渡した。

ただ、教会へ出向いて鑑定書をもらう前に、何か方法はないかと考えていたものだから、未鑑定の中級ポーションという状態である。

それに気づいたデッセルさんは、一瞬間を置いて言う。

「おぉ、そういえばこの村にいらした鑑定師は、このところ日中は出歩いているそうですな。それならば仕方ない。いやぁ、私もウッカリしておりましたが、センさんも段取りを失敗する時があるのですなぁ」

一層笑顔になるデッセルさんは、約束の報酬を全く減額せずに、小金貨六枚を渡してくれる。

鑑定師なら、今も隣の家にいるのだけど……

報酬は、素材を予定数量分しか用意しなかったことと、一年経って僕の腕も上達したはずという期待から、前回の倍額になっている。

僕の作ったものに間違いはないだろうし、どこか別の町で鑑定してもらっても十分な利益があるから、全く問題ないのだそうだ。

結局、品質については言い出せないまま、デッセルさんは荷馬車を引いて村を出て行ってしまった。

これはもう、デッセルさんのことを信用するしかないだろう。

向こうにとっても僕は大切な商売相手のはずだから、それほど悪いようにはしないと思っている。

『これからも互いに良いお取引を』なんて言って、今まで色々な珍しい素材を譲ってくれたし、多分大丈夫……

僕の手持ちの中級魔石や魔銀(ミスリル)の量は十分だと知ったデッセルさんは、今回は『月光草』を譲ってくれた。

二つの月が満月になる日、つまりは啓示の儀式の行われる日から、しばらくの間にしか採取できない赤い薬草だ。

薬草といっても見た目がそれっぽいだけで、そのまま食べると身体に毒らしい。

ただ、魔素を大量に含んでいることはわかっているため、何かに使えるのではないかと言っていた。

当然お金にはならないし、それを採取する者も滅多にいない。

『滅多にいない』というのは、用途を知っていて採取する者がいるらしいからだ。

各地をまわるデッセルさんでさえ、そんな者には出会ったことはないという。

それでも、僕にならば使うことができるのではと言って、置いていったのだ。

簡単にいえば、『使い道がないからあげる』ってことだと思う。

隣の家に行き、乾燥した赤い薬草をテセスに見せると、鑑定するまでもなく『月光草よ』と告げられた。

毎年二、三件は鑑定依頼があって、駆け出しの冒険者がレアアイテムかと思って持ち込んでくるらしい。

おかげで教会内にも放置されているものが十束近くあるという。

きっと、冒険者が鑑定の依頼を出したはいいものの、すぐに価値がないとわかり、取りに来るのが面倒になったものだろう。

勝手に捨てるわけにもいかず、そのうち保管庫の中で忘れ去られてしまうのだそうだ。

「多分まだ捨ててないと思うから、言ったら譲ってくれるんじゃないかな？」

ありがたいのだが、僕にもまだ使い道がわからない。

ゴミ……とまでは言わないまでも、使えない素材ばかり保管するのは大変である。

「今度教会に聞いてみるよ。ありがとう、テセス」

そうは言ってみたものの、結局貰いにいくことはないのだろうなぁ……

テセスになら鑑定スキルで用途がわかるかもと期待したけれど、結局判明したのは魔素が濃いということと、そのまま食べるとその魔素のせいで人体に悪影響を与えるということだけ。

デッセルさんから聞いた話と全く同じだったから、彼も鑑定を依頼したことがあるのかもしれない。

◆　◆　◆

今日も討伐と、魔銀(ミスリル)集めをやっていた。

「最近はコルン一人でも倒せるようになってきたな」

例によって『とね屋』で五人で夕飯を食べていると、アッシュがそんなことを口にした。

それはつまり、絡新婦(じょろうぐも)ではレベルが上がりにくくなっているとも言える。

現に、このところ僕は強くなったという実感がない。

テセスに至っては、攻撃に参加していないせいか、倒した後に強くなった気がしたことなど一度もないらしい。

少なくともこの間のオークキングの時はテセス一人で戦ったようなものだし、彼女にだけ全く経験値が入っていないなんてことはないはずなのだけど。

リリアに調べてもらっていたボスの伝承に関しても、場所のわからないものばかり。

これから少しずつ暑さが和らぐようだったので、僕たちは再びエンドリューズを目指してみることにした。

なぜかといえば、新しい町に行けば何かわかる気がしたから。

「お、どこかへ行く相談か？」

そう言って、いつも通り唐突にヤマダさんが現れる。

ヤマダさんに会うのは一ヶ月ぶりで、ちょうど暑くなってきた頃から見ていない。

「お久しぶりですね」

僕がそう言うと、ヤマダさんは肩をすくめる。

「まぁ俺も暑いのは嫌だったんでな。鍾乳洞で涼んでたら、いつの間にか結構経っちまってな」

この一ヶ月、ヤマダさんはどこかに行っていたらしい。

『しょうにゅうどう』とは何かと聞いたら、『自然にできた洞窟みたいなもんだ』と言っていた。

洞窟というと絡新婦が思い浮かんでしまうのだが、ヤマダさんの言う鍾乳洞とやらにも、もしかするとボスが存在するのかもしれない。

「で、どこへ行くんだ？」

「えっと、エンドリューズに行こうかと思って……」

それを聞いたヤマダさんは驚いた表情を見せる。

何か気に入らなかったらしく、『とっくに着いていると思ってた』『レベル上げする気あるの？』なんて呆れられてしまう。

そんなことを言われても、他のボスがどこにいるのかもわからない。

……まぁ、暑くて外をあまり出歩きたくなかった、というのが本音だけど。

そんな僕たちの気持ちを読み取ったらしく、ヤマダさんは『それなら仕方ねぇな、俺も人のこと言えた立場じゃねぇし……』と、理解を示してくれた。

せっかくヤマダさんに会えたので、僕たちは疑問に思っていたことを聞いてみる。

「毎日ボスを倒してるんですけど、テセスだけレベルが上がらなくて。やっぱり攻撃に参加しないとダメだったりするんですか？」

もちろん世界樹のことも、ボスがどこにいるのかも知りたい。

ただそれより、レベルが低いまま先に進んで、取り返しのつかない事態になってしまうことは避けたかった。

「いや、レベルが上がりにくいことはあっても、上がらないなんてことはないぞ？　テセスちゃんはー……ヒーラーかぁ。だったら怪我の回復をするだけで経験……ちが……」

そこで言葉が止まってしまうヤマダさん。

「どうしたのよ？」

突然黙り込んだヤマダさんに、リリアが問いかける。

しかしヤマダさんは、別の質問で返した。

「テセスちゃんがヒーラーになったのって、いつのことだい？」

ヤマダさんの言う『ヒーラー』というのは、治癒師のことらしい。

つまり回復魔法を使い始めたのはいつか、という質問だ。

「えっと、センの啓示が終わって半年くらい経った頃かな？」

「うん、今より涼しくなってからだったよね」

テセスの返答に、僕も相槌（あいづち）を打つ。

そうすると、だいたい丸二年の間、テセスは冒険者の傷を癒し続けていたことになる。

ヤマダさん曰く、傷の回復で得られる経験値は魔物討伐と異なり、『経験値が魔石となって生まれる』ということがないので、そのまま術者に取り込まれるらしい。

テセスの場合、一般的な治癒師とは違ってほとんど寄付金だけで運営している教会に属していたものだから、日々多くの冒険者の傷を癒していた。

中には、テセス目当てでわざわざ危険なことをする冒険者もいたという。

何千回、もしかしたら一万回以上の治癒魔法を使い、知らぬ間にテセスのレベルは上がっていた——ヤマダさんによれば、そういうことらしい。

だからテセスは絡新婦（じょろうぐも）の火球を受けても平気だったし、オークキングにも高威力の魔法を放てた、というわけだ。

自分でレベルを見られない以上、特殊なスキルか魔文字の組み合わせを見つけて魔法を使わない限りは、どれくらい上がったのかは確かめられないそうだけど。

「でも、僕もポーションならたくさん使いましたよ？」

「アイテムは使用者の技量なんか関係ないだろ。そんなんでレベルが上がるなら苦労しない」

残念だ。僕のスキルはアイテム作りに特化しているのに。作るだけじゃ、スキルレベルしか上がらないってことか。

その流れでリリアもまた、『じゃあ私も治癒魔法をいっぱい使ったら、すぐにレベルが上がるの？』と聞いたが、『無傷の者を癒しても意味はない』と返されてしまう。

テセスの立場だったからこそ、怪我人の治療をたくさん行うことができ、レベルも上がったとのことだった。

「そういえばマリアちゃん……」

テセスが、開いた口を手で覆いながら僕を見る。

「この間、冒険者に言い寄られてた時、思いっきり投げ飛ばしてたよね……」

ほんの数日前、十五歳には見えないほどの小柄な少女が、大の大人を軽く投げ飛ばしていた。

その時は『意外と強いんだなぁ』なんて思っていたけれど、その理由が今わかった。

そういえばテセスも、『冒険者のみんな、私にはいつも手加減してくれるのよ』なんて言っていたけれど……

まぁ、自衛のための力は必要だし、マリアなら間違ったことに力を使うこともないだろう。

僕たちは陰でそっと見守ることにしたのだった。

10話

治癒師の経験値の話の後に、ヤマダさんはボスのことも少し教えてくれた。

まずは東の荒野に現れる『グレイトウルフ』。こいつは大きな岩が出現場所の目印になっているので、探すのはそれほど難しくないらしい。

絡新婦（じょろうぐも）よりは強いが倒せないことはない、手頃なボスの存在。

ヤマダさんは『中に入ると驚くかもな』と言っていたので、また洞窟内にいたりするのだろう。

そしてもう一種類は、荒野を越えた先にいる『ワンダープラント』という巨大な植物の魔物だ。

ヤマダさん曰く、『荒野を進むと雑魚敵もクセが強くなる。もちろん、ボスもだ。油断してると全滅するかもな』とのこと。

だったら弱点くらい教えてくれてもいいのに、『攻略法を知ってたらつまらないだろ？』なんて言って、やはり大事なことは教えてくれなかった。

ヤマダさんの元いた世界では、調べれば魔物の弱点や次の行き先がすぐにわかったのだそうだ。

行き先がわかるっていうのは、『そこに行くと何か良いことがあるよ』っていう、この世界の『占い』のことだと僕は理解した。

「コルン、俺たちも旅の準備をしておくぞ」

「わかった、アッシュさん。巨大な植物か……俺のレーヴァテインで消し炭にしてやるぜっ」

日々の暑さで伸び放題だった草むらは先日リリアが刈ってきてくれたし、村からの依頼は今のところ多くない。

だからだろう、アッシュとコルンも同行してくれることになった。これは心強い。

意気込むコルンに、リリアは呆れ顔で言う。

「張り切るのはいいけどさぁ、火事にならないように消火するの、いつも私なんだからねっ」

コルンにも水魔法を使えるように、ちゃんと『水』の魔文字を入れた装備品を渡してある。

それでも火魔法以外はあまり得意ではなく、使いたがらないのだ。

逆にアッシュは山火事を恐れてか、火魔法の威力は他に比べると弱く感じる。

それぞれ得意魔法があるということだろう。

「もちろん私も、その『ヒーラー』？　っていう役目でついていくわよ」

テセスが『まず倒すのは大きなワンちゃんね』なんて言うから、僕の中で凶悪な姿をしていたグレイトウルフは、可愛らしい子犬に変換されてしまったのだった。

そんなわけで、僕たちは五人で『グレイトウルフ』というボスを目指すことになった。

今回デッセルさんから受け取った小金貨六枚は、基本的には旅の資金にする。

水と携帯食、それに村周囲の地図なんかを書き込むための羊皮紙を買うつもりだ。

ただ、この羊皮紙というのが、硬いしインクが乾きにくいし獣臭い。

それでも買おうと思っているのは、『冒険者たるもの、周辺の地理に敏感でなくてはならんぞ』と、父から聞かされているから。

アッシュもまた、『地形一つで戦況は大きく変わるからな』と言っていた。

正直、インクを乾かしている間に魔物に襲われそうで嫌なのだけど……

そう考えて、『羊皮紙に代わる素材ってないかな?』とリリアに相談してみたところ、思い当たるものがあるという。

「前に使っていた魔符なんか良いんじゃない?」

サラサラとした触り心地の純白の紙に、青い『水』の文字が記された魔符。その裏面になら意外と書きやすいのではないかというのだ。

「ただし破れた瞬間、魔法が発動してせっかく書いた地図はなくなっちゃうだろうけど……」

確かに書きやすそうだが、さすがにそれでは利用できない。

僕が『うーん』と唸っていると、リリアはさらに付け加えた。

「だからさ、魔符を作る素材から『魔力草』を外せばいいんじゃない?」

魔符自体に魔力がなければ、破れても魔法は発動しない。

確かに理屈ではそうなりそうだけど……

どちらにせよ『コピアの木』がないと作れないし、今回は大人しく羊皮紙を準備しよう。

◆　◆　◆

グレイトウルフ討伐に向かう当日。

「なんだか冒険者らしくなってきたわね」

そんなセリフとは裏腹に、武器も持たず、いつもの白い服のままのテセス。

せめて防具だけでもと思ったのだけど、テセスが『このままでいいわよ』なんて言うから諦めた。

確かに絡新婦（じょろうぐも）の火球を受けても傷一つないくらいだし、問題ないのだろう……

かくいう僕だって、動きやすいように革の服しか装備していない。でも、僕の場合はちゃんと強化済みだ。

今は日光を遮るようにフードを被っているリリアもまた、冒険者という風でもないし……

そんな三人の前を行くアッシュとコルン。

側（はた）から見れば、僕たち三人はアッシュとコルンに護衛されているようにしか見えないのだろうな。

そんなことを考えながら、まずはレイラビットのいる草むらまで歩いてきた。

この間、リリアが草むらを燃やしたと聞いた。それでも、一日もすれば一面に短い草が生えてくるはずなのだけど、今は茶色い土だけが見えている。

「草むらなら全部燃やしちゃったから、しばらくは生えてこないわよ」

僕が周囲をキョロキョロと見回していると、リリアがそんなことを言う。

「いつもなら、すぐに短い草が生えていたと思うんだけど」

「ん？　あぁ、それって表面だけ刈っているからでしょ？　ちゃんと根っこまで取らなきゃ、すぐに生えちゃうよ」

『なるほど』と思い、やり方を聞いてみると、非常に荒々しい方法だった。

「地表を掘り起こしてから燃やしただけよ」

本当は、地質を変化させる『ジオラジカルターン』というリリアお得意の魔法で、二度と草が生えないようにしてやろうかとも考えたらしい。

だけどいくら雑草とはいえ、さすがにやり過ぎだろうし、もしかしたら草刈りをして報酬を得たい冒険者だっているかもしれない。

地中には多くの生物がいるかと思い、根っこがある最低限の深さだけを掘り起こして焼いたそうだ。

僕が呆れていると、それでもやり過ぎだったと気づいたようで、今度からは普通に表面だけを風魔法で刈ると言った。

「レイラビットかぁ。私、あまり見たことないのよねぇ」

その反対側で、テセスはずっと周りを見回しながら歩いている。

リリアと違って肌が露出したままでも、日焼けなど気にしていない様子。

せっかくの白い肌なのに少々もったいない気もするけれど、当人が『構わないよ』と言う以上、僕がどうこうできるものではない。

日が昇り、熱を帯びた金属の防具なんかはすぐに仕舞われた。

当然、前を歩くアッシュとコルンの肌は次第に赤くなっていくのに、テセスは相変わらず涼しそうな表情を見せている。

「どうしてテセスは平気なの？」

声の主のリリアは、黒いフードを被っていても汗をかいているのがよくわかる。

「火傷（やけど）しそうなくらい暑いんだもの。時々、治癒魔法を使っているだけよ」

実は、テセスも暑いのは同じらしい。

汗もかくし、水分もちゃんと摂（と）っている。

ただ、こんなことで音（ね）を上げていたら冒険者失格だとか言って、自分でルールを作って戒めているだけみたいだ。

治癒魔法のおかげで日焼けもしない。これはテセスも予想外の効果だと言っていたけれど。

「その魔法……私たちにもかけてよ」

そう言われてテセスがリリアに魔法を使ったが、暑さが和らぐわけではない。

ただ、鼻先のチリチリした痛みはとれたらしく、リリアはお礼を言う。

とはいえ、そんな理由で何度も魔法を使って、テセスの魔力がなくなってしまっては大変なので、アッシュとコルンには我慢してもらった。

「どうしよっかなぁ……日焼けしないんだったらローブを脱ぎたいけどぉ……」

リリアが悩んでいる理由はわかっている。

リリアにとっての防具は、その黒いローブだけ。

下には薄手のものを一枚着ているが、防御力などないに等しい。

もしローブを脱いだ状態で魔物に出くわしたら、危険すぎる。

前にいるアッシュとコルンは……鎧を身につけていたら火傷間違いなしなのだから、外すのは仕方ない。

それに二人は革の服も着ているため、それほど心配する必要はないだろう。

「魔物に襲われたら危ないし、暑いけど我慢しようよ」

僕は悩んでいるリリアにそう言った。

どうしても無理なら一旦村に戻ることだってできる。無理に軽装になって先に進むほうが、よっぽど危険だ。

「別にさ……ローブを脱いでも前の二人が『魔物』にならないなら、私はいいのよ」

「ふふっ、リリアちゃんだったら危ないわね」

僕の両脇でリリアとテセスがそんな会話を交わし、結局ローブは羽織ったままにしたようだ。

すると、アッシュが何かに気づいてコルンの歩みを右腕で遮った。

あちこちにゴロゴロと転がる小さな岩。

そのうちの一つの陰に、そいつはいたのだ。

メイスファング――僕は一度、こいつに咬まれて村に引き返している。

死にそうな目に遭ったというわけではないけれど、危険な魔物であることには違いない。

「さすがアッシュさん。俺、全然気づかなかったっス」

そう言いながら、手に持っていたレーヴァテインを構えるコルン。

アッシュも、右手を鞘に収められている剣の握りに添えるのだが……

「っつっ⁉」

そりゃあ剣は全体が金属でできているのだし、何時間も日に当たりっぱなしだったのだから熱いに決まっている。

普段の活動場所は村の近辺か山か森。日陰で休むことも多いのだろうけど、アッシュにしては迂闊だったと思う。

「あっ、ごめんなさいアッシュさん！」

手に息を吹きかけているアッシュを見て、コルンはなぜか謝っていた。

ふとコルンの手を見ると、レーヴァテインが薄い布越しに握られている。

なるほど、コルンは気づいていたのか……

改良するか、あらかじめ布を巻いておくか。帰ったら、何か対策をしなくちゃな。

正面から、僕たちの声に気づいたメイスファングが駆け寄ってくる。

僕一人の時には様子を窺うようにしていたメイスファングも、こちらが五人ではまた違う動きを見せていた。

おそらく魔物とて、不安や恐怖はあるのだろう。

怯えて逃げ出す魔物もいるし、このメイスファングもまたパニックにでもなったのかもしれない。

「アッシュさん、ここは俺が！」

一歩前に出て、剣を構え直すコルン。

少し前の僕でも、一匹ならそれほど苦戦はしなかった。

きっとコルン一人でも大丈夫だろうとは思ったが、魔法をいつでも放てるように、僕とリリアも準備する。

「でぇりゃあぁ！」

真正面から大きく飛びかかってきたメイスファングに、コルンは上から一刀両断。

火のルース効果も加えたらしく、斬られたメイスファングはその場で燃えてしまった。

そして地面に中級魔石だけが残される。

素材は……残念だが黒焦げで使えそうにない。

今回のことで、日中は長時間の移動を避けたほうがいいと悟った。

いや、大変だろうなとは思っていたけれど、予想以上だったのだ。

結局僕たちは、周囲に転がる岩の中から一際大きなものを目印にして、一旦村に戻ることにする。

「無理無理無理無理っ！　こんなの毎日やってたら、ボスと戦う前に死んじゃうよっ！」

そう言いながらフードを脱いだリリアは、一目散にどこかへ走っていってしまった。

水浴びか着替えか、あるいは両方か。

一時間経った頃には、リリアはスッキリした表情で『とね屋』に入ってきた。

どこにいたって暑いのだし、遅い昼食とともに冷たい地下水を飲んでいることくらいは容易に想像できたのだろう。

「やっぱりここだった」

元気を取り戻し、『まだ夕暮れまでは時間があるわ』と言うリリアに、コルンが『えー……今日はもう休もうぜ』と言う。

「じゃあコルンは休んでたらいいじゃない。私たちだけで行ってくるわよ」

そう言って、僕の服を引っ張るリリア。

「私もまだ頑張るわよ」

テセスも立ち上がる。二人とも元気だな。

ふと思いついて、僕はみんなに中級ポーションを渡した。テセスが常飲していたやつだ。

今はシスターの仕事を辞めて、飲むこともなくなったらしい。

まぁでも、本当に疲れた時くらいはいいだろう。

もちろん、ポーションを飲んでみんなは元気になった。

ただ、それとやる気はまた別の話。

とね屋を出たのは、それからうだうだと三十分ほどしてからだった……

11話

再び、荒野にやってきた僕たち。

気温が下がり、ちょうど雲も出て歩きやすくなっている。

アッシュとコルンは装備品をしっかり身につけ、リリアも今はフードを被ってはいない。

単体で出てきたメイスファングをコルンが難なく討伐し、次に現れた一匹はアッシュが一刀のもとに斬り伏せた。

単体ならば全く問題ない。それほど力の差は歴然であった。

そんなことを思っていると、早速五匹のメイスファングが現れる。

二匹は距離を取り、三匹は身を低く構えていた。

大きな岩陰から急に敵が現れたという状況は、向こうとしても同じだったのだろう。

アッシュとコルンが剣を構え、僕は周囲に他の魔物がいないかを確認した。

「ちょっとは私にも戦わせなさいよっ！」

その声に驚いて、僕は視線をリリアの方に向ける。

すると、すでに発動し始めている一つの魔法。

このピリピリとした感じは風魔法だろうか？

アッシュとコルンもそれに気づき、一瞬振り返ったのち、魔物を見つめたままゆっくりと退いた。

リリアなら大丈夫だろうとは思うものの、背後から魔物がやってこないとも限らないので、僕は引き続き周囲を警戒する。

「エアグラビティ！」

それは、リリアが初めて使った風魔法。

上空からの風圧で魔物の動きを止め、レイラビット程度ならばそのまま倒すこともできる。

前に使った時も、確かにすごい風が周囲に吹いていたのだが、離れた位置にいるアッシュとコルンが吹き飛ぶほどではなかった……はずだ。

「うわっ、ちょ……ちょっとリリアぁ！」

「おいっ、身を低くしろコルン！」

その魔法は、剣を構えていたコルンの身体を二回、三回と縦に大きく回転させる。

ちょうど近くにあった岩に身体をぶつけ、リリアはそれに気づいて魔法を中断しようとした。

まぁ、その前に持続時間が終わって自然と消えてしまったのだけど。

岩の近くに生えていた丸っこい草も、その風圧で抜けてしまったのか、コロコロと転がっていく。

それほどの威力が出たのはレベルと杖の強化のおかげなのだろう。

コルンは防具を身につけていたから大きな衝撃を受けたくらいで済んだみたいだ。すぐにテセスが治癒魔法をかけていたので、問題ないだろう。

「その風魔法、もう使えないね……」

「ごめん、私もこんなことになるなんて思わなかったの……」

僕とリリアは、呆然と立ち尽くして呟いたのだった。

「コルン。ごめん、大丈夫？」

さすがに申し訳ないと思ったのだろう、リリアは小走りでコルンに近づいた。

「いや……油断していた俺が悪い。あれが魔物の攻撃だったら、タダじゃ済まないしな」

ヤマダさんからは、クセのある魔物が増えると聞かされていた。

コルンだって、どこから何が来るかと注意はしていたつもりだったのだ。

「俺が気をつけていれば、アッシュさんみたいに防ぐこともできたはずだしな。気を引き締め直すぜ、サンキューな」

そう言って、謝っているリリアにお礼を言うコルン。

まぁ……みんな無事でなによりだ。

ちなみに三匹の魔物たちはすでに息絶えていた。

離れていた二匹も、吹き飛ばされてしまったか逃げていったか……とにかく周囲に魔物の影は見られない。

さらにしばらく歩いていると、遠くに建物が見えてきた。

こんなにも恐ろしい魔物が棲息するところになぜ？

ともあれ、僕たちの知らない情報を得られるかもしれないし、転移の目印にもちょうどいい。ぜひ、寄っておきたいところだ。

もしかしたら、建物の近くに行けば魔物はいないかもしれない。

僕たちのエメル村近くでは時々スライムを見かけるくらいで、北の山か東の草むらまで行かなければ魔物は多くないのだし。

ところが、そんな期待を裏切り、建物に近づいても相変わらず岩陰にはメイスファングがいる。

それに、さっきリリアの魔法で転がっていった植物らしきものは、逃げていく様を見るに、実は魔物だったようだ。

「おや、君たちは流れの冒険者かい？」

建物の入り口の近くに立っていたのは、一人の男だった。

魔除けの篝火に、ちょうど薪をくべに来たようだ。

「ま、まぁそんな感じです」

僕の曖昧な返事に、首を傾げる男。

確かに、『そんな感じ』ってどんな感じだよ、流れじゃないなら住み着くつもりか？　と、我ながら突っ込まずにはいられない。

その隣でアッシュが『どうしても必要な物があって、俺とコイツが護衛として来た』とコルンを指さして伝える。僕とリリアは依頼人という設定らしい。

「歩いてとはご苦労だな。どうだ、犬っころに追いかけ回されて疲れているだろう」

犬っころとは、きっとメイスファングのことだと思う。

ここはイズミ村だと教えてくれた男の名は、グラウスさん。

この村の宿屋の一角で、依頼所を設けているそうだ。

村の中央に地下水が湧く池があり、イズミ村はそこで休んでいた冒険者が作ったと言われているらしい。

篝火が消えない限り魔物が入ってくることはないそうで、毎日こうやって薪を足しているのだという。

「え？　じゃあ雨とかで火が消えちゃったらどうするの？」

リリアが疑問に思い口にする。

「ははは、近くに住む魔物の影響で、この村には雨が滅多に降らないんだよ。それに、もし消えても村の中では何ヶ所も篝火を焚いている。心配しなくても、俺が生まれてから魔物が村に入ってきたことなんか一度もないさ」

ペラペラと色々喋ってくれるグラウスさん。

宿、商店くらいしか施設はないそうだが、その場所や湧き水、村人のことなんかも教えてくれた。

聞いているうちに色々と村内を見て回りたくもなるが、もうじき日が暮れてしまう。

ひとまずグラウスさんと別れ、僕たちは建物の陰から転移魔法でエメル村へ戻ることにした。

「大丈夫かなぁ？　今頃グラウスさん、僕たちのことを探してたりしないかなぁ？」

一旦はそれぞれの家に戻り、今は五人集まって『とね屋』にいる。

イズミ村に食堂があるのなら、そちらに集まっても良かったのだけど。

僕が探されているかもと心配を口にすると、テセスはお酒を一口飲んで言う。

「大丈夫じゃないかしら？　あれでも結構冒険者は来ているようだったし」

イズミ村の入り口近くには数台の荷馬車があった。

それに、グラウスさんが冒険者を珍しがっている様子もなかったと思う。

そんな状況に鑑みれば、僕たちの住むエメル村同様、冒険者の出入りは多いに違いない。

だったら僕たち五人の姿が見えないくらい、なんとも思いやしないだろうとのことだ。

「それにしても、俺もまさか徒歩で他の集落に行ける日が来るなんて思ってなかったぜ」

アッシュもまた、口にしているのはお酒だ。

他の三人は未だに水を飲んでいるのだけど、アッシュとテセスは遠慮なしに酒を酌み交わしている。

僕の父みたいに、毎度飲みすぎて面倒を起こさなければいいのだけど……

◆◆◆

夜が明けて早朝、早速イズミ村へと転移する僕たち。

気温の高い日中に活動はしたくない。涼しいうちに先へ進もうと思ったのだ。

だから、村の散策は後回し。見て回るとしても、宿とお店が一つあるだけらしいし。

しかし、偶然なんてままあるもので、グラウスさんは今の時間も薪の補充に来ていた。

「やぁ兄さんたち、昨晩は見かけなかったが、どこかへ出かけていたのかい？」

テセスは大丈夫と言っていたが、イズミ村唯一の宿で、村人や冒険者相手に依頼所を開いているのだ。やはり、気づかれても仕方ないだろう。

僕がチラリと視線を送ると、それに気づいたアッシュが誤魔化してくれた。

「いやぁ、村に着いたばかりでバタバタしていてな」

「ははは、さては犬っころに追いかけ回された時に金を落としたんだろ。心配すんなって、そのくらいの面倒は見てやるからよ」

アッシュの曖昧な返事を聞いたグラウスさんは、僕たちがお金がないから宿を取らなかったと勘違いしたらしい。

泉の掃除でも扉の修繕でも、『ギャザープラントの鱗(うろこ)』の納品でも、金のない冒険者には優先して仕事を回してやると言う。誰だって生活があるから、そこは助け合いだとのこと。

そこまで言われては、そそくさと村を出るわけにもいかず、僕たちは一度依頼所に足を運ぶことになってしまった。

お金だったら僕たちも困らない程度には持っているのだけど、話を合わせるためにも依頼は受けたほうがいい。アッシュもそう判断した。

「改めまして、いらっしゃい！」

グラウスさんがカウンターの奥に座り、立ててあった『巡回中』の木札を片付ける。

「腕に自信があるなら魔物素材の納品だな。ギャザープラントの鱗はいい金になるぜ？」

そう言いながら、グラウスさんは壁にかかっている木札に書かれた依頼の詳細を説明する。

【掃除：銅貨三枚～小銀貨一枚】

【薬草の採取：百枚で小銀貨一枚】

【犬っころの牙：小金貨一枚】

随時受付はこんなところ。

家に置いてきてしまったけれど、メイスファングの牙も非常に良い値段で引き取ってくれるらしい。

「牙って、荒野に出てくるメイスファングの牙ですよね？」

グラウスさんは『そういやそんな名前の魔物だっけか』なんて笑って、続ける。

「まぁ、牙の依頼は冗談だ。前にここに来た冒険者が酔っ払って書きやがったんだよ。誰も倒しに行こうなんて思わねぇし、冒険者としては一攫千金の夢を見させてくれるっつぅんで、そのままにしてんのよ」

言われてみれば、依頼書の字はどこか汚いように見える。

この話を聞いてなかったら、僕は普通に納品していただろう……危なかったな。

結局、魔物素材の納品依頼は『ギャザープラントの鱗』と『ホーンラビットの角』『スライムゼリー』『ウルフの毛皮』の四つ。

グラウスさん曰く、この村に【鍛冶師の心得レベル4】を持つ人がいて、装備品になる素材はちょくちょく依頼が来るそうだ。

北の山の方角には、エメル村同様ウルフやワイルドボアも出るそうで、『向かうなら北へ』と勧められた。

ただ、できるだけ涼しいうちに東へ向かいたかった僕たちは、村を出たら周囲に冒険者の目がないことを確認して、足早に東へと向かったわけなのだが。

村から少し離れると、再びコロコロと逃げ回っている丸い草を発見する。

「ギャザープラントって、やっぱりあの草みたいな魔物のことだよね？」

魔物でも、怖いと感じると逃走してしまうものなのだろう。

これまで出会った魔物はほとんどが有無を言わさず襲いかかってきたから、ちょっぴり不思議な感じだった。

「あの村にいる冒険者でも倒せるらしいし、それほど強くはないんじゃないか？」

そう言って、レーヴァテインを構えるコルン。

アッシュの『油断はするなよ』という言葉に頷いて返し、一つの斬撃を『飛』の魔法に乗せて放った。

ガッ。

それは植物が発したとは思えない、硬く鈍い音だった。

そういえばグラウスさんは言っていた。

『ギャザープラントの鱗は良い防具の素材になるからな』

それはつまり、この魔物が相応に頑丈であることを意味しているのだろう。

コルンの攻撃を受けて、その個体は逃げてしまった。

次に出会った時には、リリアが火魔法で丸焦げにしたせいで硬い岩のような死体と小さな魔石と化し、鱗は得られなかった。

単純にリリアの魔法が強すぎるのもあるのだろうけれど、どうやら火は弱点のようだ。

だけど、火魔法を使って素材が手に入らないのでは面白くない。

風でも水でも、リリアの魔法なら倒すことはできる。

ただ、実際に試してみると、鱗はボロボロになって使い物にならなくなってしまった。

「ちょっと！　私が逃さないようにするから捕まえてきなさいよっ！」

いつの間にかヒートアップして、リリアはコルンに指示を出している。

「おうっ、任せろっ！」

コルンが返事をすると、リリアは風魔法を放つ。

威力はそこまで必要ないようで、魔力集中にあまり時間をかけていなかった。

近づいてくるコルンに気づいた魔物は、再びコロコロと逃げていこうとするのだが、なぜか動かない……と思ったら、リリアの風魔法のせいでわずかに地面から浮いているらしい。

魔物を素手で捕まえる姿なんて、普通は見ることはないだろう。

「よっしゃ、捕まえたぜ！」

見ればわかる。非常に危なっかしいな……

それでも、僕たちもすぐに駆け寄って、コルンの持つ魔物を覗き込んでいた。

一人、アッシュを除いて。

「おっ、おい、気をつけろよ」

見た目は植物でもやはり魔物なのだし、本来なら何を仕掛けてくるのかと警戒すべきなのはわかっている。

「ま、まぁ……魔物の生態を詳しく知ることも、時には必要だろう」

ようやく少し警戒を解いたアッシュは、そんなセリフを口にしながら覗き込んできた。

すると丸い草の塊は、異変に気づいたのかモゾモゾと動き出し、ゆっくりと形を変えていく。

「うぉっ!?」

コルンのその声でビックリしたのか、どうやら体を開こうとしていた様子の魔物は、再び元の姿に戻ってしまう。

「ちょっとコルン、大声出すから閉じちゃったじゃない」

「私、足と尻尾が見えた気がした」

リリアもテセスも興味津々で魔物を見ている。

さすがに荒野で長時間こうしているのは危険なので、あとは三人に任せて僕とアッシュは周囲の警戒を行うことにした。

村の近くで冒険者がギャザープラントと戦っている様子が見え、僕はそれを遠目に眺めていた。

小さくてよくわからないのだけど、そのギャザープラントは逃げないで冒険者に向かって転がっているようだ。

冒険者は大きめの盾や剣を使ってそれを防いだ後に、とどめを刺したらしい。

あの硬いギャザープラントを剣で倒すのだから、強い冒険者なのかもしれない。

「えいっ！」

そんな掛け声が聞こえて、僕とアッシュは三人の方を見る。

手に護身用のダガーを持ったテセスが、コルンの手に抱かれて仰向けになった魔物を刺している様が目に飛び込んできた。

結構ショッキングな映像だ。

いや、魔物なんだから倒さなくちゃいけないんだろうけど、ほぼ無抵抗になった命をアッサリと奪うって……

「背中にある、草に見えたのが鱗だったんだね」

「やわらかいお腹を守るために丸まってるみたい。ちょっと可愛かったし、あまり倒したくないかも」

僕とリリアは、東へ進みながらそんな話をしていた。

テセスは『メイスファングも捕まえてみようよ』なんて怖いことを言っているし、予期せず魔物の血で手が汚れてしまったコルンは少々後悔しているようだ。

「なんで魔物相手にこんな緊張感がないのか……俺の常識がおかしいのか？」

そしてアッシュは、しばらく僕たちにそんな質問を投げかけていた。

12話

さらに東に進んだ荒野には、ギャザープラントより一回り大きい植物があった。

最初は『大きい魔物』という認識で挑んだのだが、転がる様子はない。

きっとこれは本当の植物で、ギャザープラントはこの植物を模しているのだろうと安易に近づいてしまったのだが、ここでヤマダさんの言葉を思い出すべきだった。

『ワンダープラントという巨大な植物が出てくる』

そう、現れるボスは植物だと言っていたのだ。

あまりに自然に話すものだから、ボスという言葉だけが頭に残って、そこに違和感を覚えなかった。

急に震えだし、花粉を撒き散らす大きな植物。

これがヤマダさんの言っていた『ワンダープラント』なのだろうか。

すぐに離れるが、僕とコルンはまともに花粉を吸い込み、強い眠気に襲われる。

気づいた時には、すでに討伐は終わっていた。

すぐにリリアが火魔法で倒し、テセスが僕たちに治癒魔法を使ってくれたそうだ。

油断しすぎたことは反省だが、ワンダープラントを倒せたのなら良かったとも思っていた。

「あ、また大きな植物生えてるよ」

——リリアにそう言われるまでは。

進んでいくと、メイスファングやギャザープラントだけでなく、再び大きな植物の魔物も現れた。

しかも、一体や二体ではなく、次々とだ。

メイスファングはアッシュとコルンが剣で撃退し、ギャザープラントは倒すのが可哀想になってしまったので放置。大きな植物の魔物は見つけ次第、燃やし尽くした。

これだけ数が出てくるということは、この大きな植物はワンダープラントではなく、別物ということか。

そうして日が昇るまで歩き続け、僕たちは大きな岩の陰で休むことにした。

「あー暑くなってきた。なぁ、そろそろ一回村に戻らないか？」

コルンは疲れた様子で岩に寄りかかり、僕たちもまた『そうだね』なんて言って座り込む。

遠くに山が見えてきたとはいえ、まだ半日はかかりそうだ。

それに、その前にもボスがいるようなことをヤマダさんは言っていたのだし。

「……おかしいなぁ？」

リリアが上を向いて何かを考えている。

「どうしたの？」

「いえ、これのことかと思ったのだけど……」

僕が聞くとリリアはそう返答する。

「……」

黙って周囲を見回すリリア。

『あっ！』と声を出し僕を見ると、リリアは怒ったような表情をする。

「セン、忘れてたでしょ！　っていうか、みんなも！」

リリアに詰め寄られ、その勢いに気圧(けお)されてしまった。

ヤマダさんの言葉は、ここでもすっかり頭から抜けていた。

『グレイトウルフ』の出没場所は大きな岩が目印だということは覚えていたが、それよりも日陰で涼みたいという気持ちが勝り、警戒を怠ってしまったとも言える。

「急に襲われでもしたら危なかったんだよ！」

うんうん、本当に襲われなくてよかった。

暑さと疲れのせいで、リリアのお小言をまともに聞いていられず、首を縦に振るだけだった。

それはどうやらコルンも同じ様子。

「……」

「ちょっとリリアちゃん……さすがにそれは……」

テセスも何か言っている。

リリアの怒った声が聞こえなくなって、ああ終わったのかな、でももう少しだけ休みたいな、なんて思っていた。

すると——

バシャアッ！

「ぷぁっ⁉ なにっ？」

突然、頭上から水魔法を受けてしまった。

また絡新婦(じょろうぐも)みたいに魔法を使う魔物が現れたのか？

いや、これはきっと……

「二人とも、涼しくなったかしら？」

顔を上げると、頭上にいくつもの水球を浮かべて、こちらを睨むリリアがいた。

当然、隣にいたコルンもその魔法を受けている。

「ちゃんと威力は調整してあるから。涼みたくなったらいつでも言ってね」

そう言って、再び僕の顔めがけて一発。

「ちょっ、ごめんってばリリア」

「ははっ、魔法で水浴びを味わえるなんて、滅多にない機会だぞ。せっかくだからリリアの練習台になってやれ」

リリアの隣で、アッシュが笑って言う。

イメージだけで、魔法の威力や形状を調整するのは非常に難しい。

人に向けての失敗は許されないから、本当は絶対にやっちゃいけないことなのだけど、こんなことができるのはリリアほどの制御力があればこそ。

絡新婦（じょろうぐも）討伐の時にやったような、威力を調整して人を風で飛ばす練習でもあるそうだ。戦闘中の緊急回避手段として使えるから。

「それを僕たちで試さないでよっ」

「あら、村の人たちで試したらもっと危険じゃない」

一理ある。あり過ぎるから何も言えなかった。

「反省した？　いつ魔物が来るかわからないんだよ？」

「はい、しました。すごく反省しています」

僕はリリアの前に座り、大人しく謝った。

コルンはというと、隙を見て逃げ出そうとしたため、罰を受けて少し離れたところで倒れている。

どうやら状態異常『麻痺』になる何かをされたらしい。

リリアにそんなルースを渡した覚えはないが、テセスに渡したネックレスならできるかもしれないから、そっち？

幸い、この場にボスが出てくる様子はなさそうだ。

というのも、リリアが『すぐ近くに洞窟の入り口みたいなのを見つけたわよ』と言って示してくれたから、絡新婦と同じく、グレイトウルフもその奥にいると考えられる。

「ボスの手がかりも見つけたことだし、一回帰りましょうか」

治癒魔法でコルンの痺れをとるテセス。

「そうね。男どもがこんな調子じゃあ、不安で仕方ないわ」

リリアにそんなことを言われながら、僕たちは転移でエメル村に戻った。

◆◆◆

「暑いのはわかるけど、コルンは魔物のことを甘く見過ぎよ」

再び始まった、リリアのお小言。

アッシュはいつだって最低限の警戒を怠らないし、リリアは絡新婦で死ぬ思いをした。冒険を楽しそうにしているテセスでさえ、ある程度は周囲の様子を確認しているそうだ。

僕とコルンも危険な目に遭った経験はあるのだが、確かにさっきの荒野では危機感がないと言われても仕方がない。

今、リリアの怒りの矛先はコルンだけに向かっている。

僕は一応謝ったのに、コルンはその場から逃げようとしたから自業自得かもしれないけれど。

そんなリリアの説教があったものだから、暑い中さらに小一時間。

結局、昼飯のために『とね屋』に着いたのは、他の客が引けた頃だった。

食事を終え、着替えとポーションの準備をして、僕は再びみんなと合流。

リリアはピヨちゃんを連れてきた。

僕はポーションを持ってきて、アッシュとコルンに渡す。

テセスは……特に変わらない。

本人も『いつも通りのほうが実力を出せるものよ』なんて言っているから、手を抜いているつもりはないようだ。

携帯食や、さっきの戦いで集まった素材は全て家に置いてきた。

なるべく身軽なほうがいいし、戦っている最中に【合成】で何かを作ることなんて、きっとないから。

「いや、魔符だったら戦いの最中に作るのもありかな？」

そう呟くと、リリアが苦笑する。

「ないでしょ。だったら最初から魔符を作って持てばいいのよ」

確かにその通りだ。魔符はかさばるものでもないしな。

ボス戦を前に何が必要だろうか？　魔力が回復するまで休むべきか？

そんな話をリリアとしてから、僕たちは再び大きな岩の前に転移した。

「僕たちだって、随分強くなったはずだ。グレイトウルフだろうがワイバーンだろうが、絶対に倒してみせるぞ！」

少しでもみんなを奮い立たせるためにそう言って気合を入れるが、強敵と戦うと思うと、僕もちょっと怖かった。

正直少し恥ずかしかったのに、リリアに『そんなこと言うと本当にワイバーンが来ちゃうからやめて』なんて冷たく言われて、『はい……』としか答えられなかった。

ともあれ、僕たちは岩陰にある穴に近づいていく。

地下に繋がっているようで、通路はゆうに三人は一緒に通れるくらい広かった。

慎重に地下へと下り、前衛のコルンと、後衛のテセスが発光イヤリングを装備する。

しばらく進むと道が分かれていて、魔物の姿も見られた。

向こうも僕たちの光に気づいて向かってきているようだ。

体長五十センチはありそうなコウモリと、地上にもいたメイスファング。

今回は一匹ずつだったが、コウモリといえば以前大量に倒した小さいものを思い浮かべてしまう。

ここでも、群れで襲いかかってくると考えたほうがいいな——なんて思っていると。

「ファイアーボール！」

突然、僕の横からも赤い光が放たれた。もちろん、それはリリアの火魔法。

絡新婦の時と同様に、この洞窟内の敵も燃やし尽くしてしまおうという考えなのだろう。

だけどリリアは、アッシュから文句を言われている。

「なぁ、頼むから魔法を使う前に俺たちに教えてくれないか？」

「いいじゃないの、ちゃんと手加減したし。アッシュとコルンよりももっと向こうに着弾するように考えて撃ったわよ」

魔物は怖いし、接近される前に倒してしまいたいと言うリリア。

確かに、敵に遠距離攻撃の手段がないとはいえない。

火の玉が飛んでくる可能性とかを考えたら、リリアのやり方も正しく思えてくる。

アッシュとリリアはちょっとだけ言い合っていたけど、コルンが横から『じゃあ俺も出会い頭に剣を投げつけるべきかなぁ？』なんて言うもんだから、二人で呆れていた。

コルンは『ただの冗談なのに、本気にされたら俺が馬鹿なだけみたいじゃん』なんて言いながら歩き始める。

再び分かれ道に差し掛かり、一方はやや引き返すような方向に延びている。

「みんな、ちょっと待ってくれる？」

僕たちは当然前へ進む道を選ぼうとしたが、後ろを歩くテセスがもう一方の通路を指さしている。

テセス曰く、もう一方の道から魔物が来て、後ろから襲われる恐れもある、とのこと。テセスは最後尾を歩いているものだから、より警戒が高まっているのだと思う。

確かに挟み撃ちでもされたら危険だ。

「リリアちゃん、またさっきの、お願いしてもいい？」

『さっきの』というのは、火球を生み出した火魔法のことだろう。

リリアが言うには、威力や形状の変化を抑えて、多少は自在に操れるようにと考えた魔法だそうだ。狭い場所なんかで仲間に当ててはいけないと思い、作ったらしい。

「いいよっ。いくよ、ファイアーボール！」

リリアの杖から火球が現れ、もう一方の通路奥、曲がっているその先へと飛ばされた。

それが何かに当たる音や、騒ぎ出す魔物の声、地面に落ちるような音も聞こえる。

「いっぱいいるみたい。もうちょっとやらないとダメかも」

そう言って、リリアは先ほどよりも小さな火球を大量に作り出し放った。

曲がった先の死角に、なるべく満遍（まんべん）なく行き渡るように。

「ふうっ、もう大丈夫かな？」

四発目の魔法の後、壁に当たる音だけが聞こえ、リリアはそう判断した。

同じような分かれ道が幾度（いくど）か続き、そのたびにリリアが魔法を使う。

まぁ、これだけで魔物からの奇襲がなくなるとは思ってはいない。

仕留め損ねていたり、行く手側から突然現れたりすることもあるはずだ。

しばらく進んでいくと、先頭を歩くアッシュが足を止める。

「この奥がボスのいる部屋なんじゃないか？」

アッシュが指さす先にあるのは、自然にできた洞窟には相応（ふさわ）しくない、木製の頑丈そうな扉である。

誰かが生活のために設えたのか、はたまた何かが閉じ込められているのか？

いや、その何かはボスで間違いないだろうし、だとしたら『封印』と言うほうが正しいかもしれない。

恐る恐る扉を開けてみると、これまでのゴツゴツした岩肌とは違って、真四角に切り出された石のブロックで覆われた人工的な部屋であった。

やはり、誰かが何かの目的のために作ったものなのだろう。

どこからか光が入ってきているようで、地下にもかかわらず、ほんのりと明るくもある。

その部屋の隅で、ボスは静かに寝息を立てていた。

13話

ボスの部屋に足を踏み入れると、隅で丸くなっていたグレイトウルフは僕たちに気づいたようだ。

全員が中に入った途端、またも入り口は閉ざされて、逃げることができなくなってしまう。

とはいえ、今回は僕たちだって覚悟を決めて来ているのだから、誰も取り乱したりはしない。

「コルン、強力なのは絶対に貰うなよっ！」

「わかってるよ、アッシュさん！」

「キュイッ！」

さっそくアッシュとコルンは剣を構えて、ピヨちゃんとともに前に出た。

僕はともかく、リリアやテセスにボスの攻撃が行かないように考えて動いているそうだ。

治癒魔法を使うテセスが倒れては、最悪の事態も起こり得る。

まぁもちろん、誰一人怪我をせずに済ませるのが目標ではあるけれど……

ゆっくりと起き上がったグレイトウルフの大きさは、絡新婦（じょろうぐも）の半分くらいといったところ。

それでも僕たちの三倍、いや五倍くらいはある巨体だ。

見た目は、茶色い毛皮に覆われた大きな狼。

スラッと細身の四本足も、付け根にいくほど大量の毛に覆われていて、かなり毛深い。

敵が動くのを待つつもりはなく、僕はすぐに魔法を放つ。

「エアショット！」

風の刃が生み出され、グレイトウルフに向かっていく。

一つ一つはそれほど威力はないが、数を撃ってグレイトウルフを足止めしようという狙い。

その間にリリアが力を溜め、強力な一撃をお見舞いするつもりだった。

だが、僕たちのその思惑は外れる。

グレイトウルフはその巨体からは想像もできないほどの機敏な動きを見せ、僕の魔法を全て躱しきってしまったのだ。

さらに前衛の二人めがけて、大きく前脚を振りかぶる。

しかし、グレイトウルフの鋭い爪は、アッシュの剣によって受け止められた。

『キインッ！』という細く鋭い音が響き、次の瞬間にはグレイトウルフは飛び退き、再び僕たちと距離を取っている。

「だったら手数で勝負よ！」

リリアもすでに魔法の準備を終え、作り出した大きな火球を分散させ放った。

グレイトウルフは間隔を開けずに放たれた小さな火球を避けきれず、火球がその巨体に吸い込まれていく。

「いよっしゃ！　俺も行くぜっ！」

グレイトウルフが一瞬怯んだのを見て、コルンは一気に間合いを詰めて斬りかかる。

それに合わせて、ピヨちゃんも敵の背後に回った。

コルンの大きく振りかぶった剣を躱すと、グレイトウルフは素早く旋回し、尻尾の一撃を叩き込む。

「うおっ!?」

たまらず剣を前に構えて防いだコルン。

だが、グレイトウルフの圧倒的な重量の前に、コルンはなす術もなく吹き飛ばされた。

背後から仕掛けたピヨちゃんの爪攻撃はアッサリと防がれ、コルンは僕とリリアのいる場所まで転がってくる。

テセスが治癒魔法を使うと、コルンの痛みはすぐに引いたみたいだ。

その間にもリリアは小刻みに魔法を放ち、間合いを保ってくれているが、ダメージ自体はあまりないように思える。

「くそっ、すばしっこくて剣が当たらねぇ！」

アッシュはグレイトウルフの動きに翻弄され、何度も爪による攻撃を受けてしまっている。

それでも剣を巧みに使い、直撃は避けているから、こちらもまたテセスの治癒魔法で回復しつつどうにかなってはいた。

コルンも再び前に行き、アッシュとともに剣を振るう。

これは少々まずい展開になっている気がする。

僕とリリアの放つ魔法も、範囲を広げている分、威力が小さい。

それに加えて、なぜか壁や床に当たった魔法は吸い込まれるように消えてしまうものだから、柱を作り出すなどしてグレイトウルフの動きを制限することもできなかった。

「ダメっ……ここの壁、変化させられないみたい」

リリアは湿地帯で見せた『ジオラジカルターン』を試したが、それも失敗に終わった。

足元を不安定にすれば、グレイトウルフも動き回りづらいに違いないと考えたのだ。

僕たちの魔法が当たった壁には傷一つないのだから、おそらく無理だろうとは予想していたらしい。

どうもダンジョンというか、この部屋独特の何かが作用しているようだ。

これも世界樹の力なのだと言われれば、すんなり納得できてしまうくらいには、僕たちは不思議な現象に慣れていた。

「攻撃を仕掛けてきたところを狙えないかっ！」

アッシュは幾度もグレイトウルフの攻撃を受けながら、僕とリリアに言った。

先ほどから飛び跳ねて、近づいたり離れたりを繰り返しているグレイトウルフ。

ピョンピョン跳ねると言えば可愛らしくも聞こえるが、実際には爪でガリガリと音を立てながら素早く飛び回っているので、恐怖しか感じない。

アッシュたちに近づいた瞬間に合わせて魔法を放つと、少し狙いがずれただけで、仲間の二人に当たってしまう。

だから僕とリリアは、なるべくグレイトウルフが離れたタイミングで撃っていた。

もちろん着地点を狙ったりもしたが、距離があればそれだけ魔法が届くまでに時間がかかるので、命中させるのは難しい。

しばらく打開策がないまま、戦闘は続いていく。

「セン、このままじゃマズいわ」

僕の横にいたリリアが言う。

その理由は、あえて聞かなくても薄々気づいている。

「……あと何回くらい使えそう？」

「三回か……四回はいけると思うけど……」

僕も同じようなものだった。

少し前から魔力の減少を感じていて、それはここに来るまでの道中に、魔法を使い続けていたリリアだって同じだろう。

「わ、私もっ、はぁっはぁっ……ちょっと疲れたわっ……」

そして治癒魔法を使い続けてくれたテセスの魔力もまた、底を突きかけていた。

僕とリリアは普段から魔力酔いを経験していたけれど、テセスは年に一度しかそんな機会はなかったから、余計につらく感じるのだろう。

「魔力回復薬は持ってきていないのに……」

あんな高価な薬、普段から持ち歩いてはいない。

そもそも、何十発と放たないと魔力切れなんて起こらないため、持つ必要もなかった。

広い範囲に魔法を放つと、多くの魔力を消費する。

あまつさえ、そのほとんどをグレイトウルフは躱してしまうのだから、たまったものではない。

「どうにかして強力な一撃を当てられればいいんだけど……」

アッシュとコルンには『やばくなったら渡しておいた中級ポーションを使うように』と言って、僕とリリアは方法を考える。

消費魔力を抑えるのなら、アッシュの持つ剣を使う。

あれならルースをそれほど組み込んでいないから、まだしばらく魔法を放つことができる。

治癒魔法はリリアに任せて、テセスには休んでいてもらおう……

それを提案した途端、テセスは右手を僕の方に突き出した。

「だったら私も剣で戦うわ！」

怒り口調で言われてしまい、僕は驚いてしまう。

「え、でも危ないよ……」

「それ、私なんかじゃ役に立たないって聞こえるわよ。センは私の保護者？　だったらこんな旅、私のほうから願い下げだよっ」

休めと言われたのが気に入らない、もっと自分を信用してほしい——そう言われ、握っていた剣を取られてしまった。

リリアもまた、『近づけば魔法が当たりやすいかも……』なんて言って、グレイトウルフのいる方へ歩を進める。

「あ……」

僕は再び『危ない』と口にしそうになる。

女の子だから？

きっと、ただそれだけの理由で、ボスから遠ざけていた。

僕もまた魔法がメインだから、危ない役目はアッシュとコルンに任せっきりで、それはまともに戦おうとしていないといえるのかもしれない。

そう気づいた時、恥ずかしい気持ちになってしまった。

「ぼ、僕だって戦うよっ！」

腰につけた護身用のダガーを抜いて、テセスとリリアを追って走った。

すると、先ほどまで僕が立っていた場所から轟音が鳴り響く。

ドガァァン……！

振り向くと、地面にはうっすらと黒い焦げ痕。

それも少ししたら消えてしまったけれど、轟音とともに周囲が一瞬明るくなったことをあわせて考えると……

「雷……魔法を使ってくるの……？」

先に答えを出したのはリリアだった。

アッシュとコルンにそんな余裕はなかったが、僕の先を行くリリアとテセスは後ろを向いて確認する。

「ははっ……前に出ていて良かったね」

「でも、さっきまで使ってこなかったのにっ!!」

テセスは不思議そうに言った。

「もしかしたら、私たちの攻撃で弱っているのかもね」

リリアがそれに答える。

絡新婦や、あるいはオークキングもそうだったのかもしれない。

弱ってくると、最初は放ってこなかった火球や、今の雷魔法なんかを使うようになる。

だとしたら、憶測でしかないけれど、これから同じ攻撃がまたやってくるだろう。

一刻も早く倒さねば……

僕たちが、これまで以上の窮地に立たされていることは明らかであった。

「テセス!? それ、センの剣じゃねえか」

前に行き、アッシュの横に並ぶテセス。

その姿にコルンもまた目を丸くしている。

そして、さらに驚くことに、グレイトウルフの攻撃を剣で上手く捌いていた。

「二人とも、ポーションはもう使っちゃったんでしょ？　私の持ってるやつも飲んで」

テセスは、取り出した中級ポーションをアッシュとコルンに手渡す。

リリアも治癒魔法を使うことはできるけれど、テセスほど慣れてはいない。だから、攻撃魔法に専念するよう、テセスから言われていた。

少し離れた位置で、再び魔法の用意をしていたリリア。

それを狙って、再びあの魔法が来たのだった。

「キャァアア!!」

轟音の直後に響くリリアの叫び声。

ダガーで応戦していた僕の耳にも、当然聞こえてきた。

魔法を中断され、リリアは両膝と手を地面に突く。

「だ、大丈夫!?」

そう声をかけるが、グレイトウルフの攻撃が激しく、リリアに近づくことはできなかった。

それでも戦いながら様子を見ていると、どうやらポーションを口にしているようだ。なら、とりあえずは安心かな。

「四人集まっているところに魔法を撃たれたら危険だ、少し離れるぞっ！」

そう言ってアッシュはさらに前へ出て、グレイトウルフを囲むようにコルンも移動する。

ちょうど攻撃を受けていた僕は動けずにいたが、テセスはリリアを心配してそちらに向かったらしかった。

ジワリジワリと攻められ、僕はダメージを受け続ける。

離れたコルンが、レーヴァテインから魔法を放つと、綺麗にグレイトウルフの頭部に命中した。

ただ、アッシュとコルンの放つ魔法程度では、グレイトウルフは怯むどころか気にもしていない様子だ。

一撃のダメージはそれほどでなくても、素早い動きから幾度となく爪が襲いかかってくるので、なかなか回復する余裕がない。

「くっそぉ、これでもくらえぇ！」

僕はグレイトウルフの飛びかかってきたところを狙って、足元から氷魔法を発動させる。

さすがにこれだけの至近距離、しかも相手は空中なのだから、避けようがないだろう。

僕は『やった！』という気持ちでいっぱいだった。

バキイッ！

目の前に作り出した尖った氷は、グレイトウルフの爪によって砕かれてしまった。

魔法で作り出したといっても、ただの氷の塊なのだからさほど強度はない。

水や風の魔法を使っていたら、破壊されるなんてことはなかったかもしれないけれど、その魔法が使える剣はテセスが持っていったのだから仕方がないか……

14話

リリアの怒った声が僕の耳に届く。

「何諦めた顔しちゃってるのよバカ！」

僕はグレイトウルフの爪を避けきれず、服が引っ掛かって投げ飛ばされてしまった。

しかし、壁に当たる直前に一つの風魔法が僕を受け止めてくれたようだ。

「あ、ありがとうリリア」

「そんなことより、早くやっちゃってよ！」

よく見れば、リリアはまだグレイトウルフに向かって魔法を発動している最中らしい。

だとすると、さっき僕を受け止めた魔法はテセスが使ったのだろう。

「グゥルルル！」

「あまりもたないんだからぁ、早くしなさいよっ！」

先ほどまで僕のいた場所で、動きを止めているグレイトウルフ。

奴が僕に攻撃を仕掛けてきたところを狙って、リリアは最大級まで力を溜めた『エアプレッシャー』を放ったのだろう。

「あっ、ご、ごめんっ」

今ならどんな魔法でも当てられるに違いない。

だが、倒せるほどの威力を生み出すのは難しそうだった。

僕はアッシュとコルンに目をやり小さく頷くと、二人も剣を構え直す。

小さい頃からコルンは何か悪巧みを思いつくと、いつもこうやって僕を見ていた。それにはアッシュも気づいていたそうだ。

だから、目配せをするだけで、僕が何かをする気だというのはわかってくれた。

剣を持つ二人にお願いすることといったら、このすばしっこいグレイトウルフへ強力な一撃を与えること。

そのために、なんとかして相手の動きを止めたい。

今も止まってはいるが、風圧で近づきにくいから何か別の方法で……

リリアの魔法に耐えているグレイトウルフを睨みつつ、僕はギリギリまで魔法の威力を高めていた。

最後の力を振り絞って魔法を使い続けているリリアには悪いけれど、中途半端な威力では失敗しそうなのだ。

「セン、こっちはいつでもいいぜ！」

コルンの声が聞こえてそちらを向くと、リリアからは『もうダメ……』と聞こえてくる。

やはり、ここが限界だろう。

それに、僕もちょうど魔力を使い切りそうだ。

リリアの魔法が解け、グレイトウルフの巨体がフッと持ち上がる。

「くらえぇ！　アイスショット！」

僕の放った魔法は、立ち上がったグレイトウルフの下顎(したあご)に勢いよく突き刺さる。

さらにその勢いのまま、グレイトウルフの上半身が天井スレスレまで持ち上がった。

リリアの魔法が解けた際、グレイトウルフが自身で巨体を持ち上げようとしていなければ、こうも見事に決まることはなかっただろう。

偶然だったとはいえ、これで最大のチャンスが訪れたことに違いはない。

僕の魔法の効力が切れると、もがいていたグレイトウルフの身体は、反転して背中から地に落ちたのだった。

「獣王烈斬(じゅうおうれつざん)！」

「赫灼一閃(ミスティルテイン)！」

それと同時に放たれるアッシュとコルンの強力なスキルは、グレイトウルフの腹部を大きく抉(えぐ)った。

「グォオオ……」

これまでとは違い、弱々しく鳴いたグレイトウルフ。

それを聞き安堵したせいで……いや、急激に魔力を使い切ってしまい、身体がいうことをきかないだけなのだろう、僕はその場に座り込んでしまった。

アッシュとコルンも、これまでの戦闘に加え、力を振り絞って使ってくれたスキルのせいで息を切らしている。

まだ、グレイトウルフは絶命していないというのに。

ゆっくりと起き上がったグレイトウルフは、最後の力と言わんばかりにフルフルと腕を持ち上げる。

狙いは動けなくなった前衛の二人……だが。

「キュイッ！」

僕の横をピヨちゃんが通り過ぎて、弱ったグレイトウルフの首元に爪を立てる。

崩れ落ちたグレイトウルフと、全身に感じるレベルアップの力で、今度こそ倒したのだとわかった。

さすがのグレイトウルフも、倒れる寸前では躱す力も残っていなかったようだ。

「ほ……ほら、諦めなかったらどうにかなるものなのよ」

息を切らしながら、リリアが声をかけてくる。

テセスも、そんなリリアをサポートしながら近づき、もう動かなくなったグレイトウルフの傍らに、五人と一匹が集まった。

「ほんとだね……助かったよリリア」

「別にお礼なんていいわよ。それに、投げ飛ばされたセンを受け止めてくれたのはテセスなんだから、『ありがとう』ならそっちに言えばいいじゃないの」

リリアに言われて改めてテセスにお礼を伝えると、テセスは手をひらひらと振る。

「あーもう、一歩も動けないわ」

「ふふっ、でもちょっと楽しかったわ」

こんなキツい戦いはこりごりだと言うリリアと、むしろワクワクするというテセス。

もちろん怪我だけではすまないかもしれないのだから、今度はもっともっと準備をしてかかろうとも言っているけれど。

パチパチパチ……

みんながその場に座り込んで一息ついたところで、少し離れた場所から拍手が聞こえてくる。

「いやぁ、なかなか見せる戦いをしてくれるじゃないか」

僕たちとグレイトウルフしかいないと思っていた部屋に、その戦いを見学していたらしい、一人の人物の姿があった。

魔王城の玉座で見た、黒い装備に身を包んだヤマダさんだ。

「えっ？　いつからいたの？」

いつも通りといえばいつも通りだが、あまりに急な登場で僕は驚いてしまう。

「そうよ、毎回出てくるのが突然すぎるのよ！　それに、見ていたなら助けてくれたって良かったんじゃないの？」

リリアが立ち上がって、ヤマダさんに詰め寄る。

先ほどまで『動けない』と言っていたことは、すっかり忘れているようだ。

「助ける？　本当にピンチだったなら、ちゃんと助けてあげるさ。だけど君たちは全然余裕だったじゃないか」

「どこが余裕よ？　アッシュとコルンはボロボロだし、センだってもう少しでやられてたのよ？」

飄々(ひょうひょう)としているヤマダさんに対して、怒り口調のリリア。

まぁ、僕も今回は危なかったと思っていたし、少しは文句も言いたくなる。

「なぁセン、あのヤマダっていう魔王は何が目的なんだ？」

隣に座っていたコルンが、ヤマダさんを指さして聞いてくる。

目的と言われても、僕もほとんど理解していない。

実は世界にはまだまだ強い魔物がいて、そんなのが襲ってきたら村なんてあっという間に壊滅してしまう。だから僕たちが強くなって、村を守れるように……というのは、こちら側の都合の話だ。

ヤマダさんの思惑は他に何かありそうなのだが、どうもよくわからない。

もしかしたら、ただ面白がっているだけなのかもしれないけれど……

そんな説明をコルンと他の二人にしている間も、リリアはひたすらヤマダさんに文句を言っていた。

当のヤマダさんは、何を言われても全く気にしていないみたいだが。

でも、あまりにも小言が続くので、やれやれという感じでヤマダさんは口を開いた。

「仕方ないな、リリアちゃんは。じゃあ少しだけ説明してあげるよ」

そう言って、僕たちを見回す。

「君たちは誰一人、瀕死の重傷にはなっていないじゃないか。ちょっと使うペースが速すぎたと思うけど、ちゃんと回復を挟みながら戦えていた。次はもっといい戦いができるんじゃないか？」

そう言われてみんなを見てみれば、確かに大きな怪我を負ったわけではなく、ただ魔力を使い切って疲れてしまっているだけ。

もっともっと危険な状況になったらヤマダさんが手助けしてくれるそうだけど、それって一体どういう状況なのか……

そんな想像をしてしまい、僕は少しだけ怖くなった。

「それに、最初から攻略法を知っていたら面白くないじゃないか。自分たちで倒し方を見つけるから、勝った時に喜びがあるってもんだ」

やはり半分くらいは面白がっている気がするが、確かに勝てた時の達成感は……いやいや、それ以上に死を意識した時の恐怖のほうが強烈すぎる。

「そんなことより、せっかく倒したんだから世界樹に取り込まれる前に素材の回収をしたほうがいいぞ。ここからはオマケ付きだからな」

オマケが何なのかは『自分で確かめてみろ』と言われて教えてもらえなかった。

ヤマダさんによれば、世界樹が生み出したボスは、放置しておくと自然と世界樹のもとに還るらしい。

今まで、他の魔物の餌になっているとばかり思っていたから、僕だけでなくアッシュやコルンも興味深そうにしていた。

それにしても、『ここからは』というのはどういう意味なのか？

グレイトウルフから手に入ったのは、他と比べて一際輝きの強い魔石が一つ。上級魔石に違いなさそうだ。

合成や鑑定は後にして、僕たちは素材を剥ぎ取っていく。

より強い装備や新しいアイテムの製作に使えるかもしれない。

『ちなみに、モモ肉は煮込み料理に使うと美味いぞ』と、ヤマダさんは言ったけれど、僕は食べる気にはなれなかった。

おかしな話だが、小さい頃から食べていたワイルドボアの肉には抵抗がないのに、グレイトウルフは魔物だという認識が強いせいか、料理になるところを想像できなかったのだ。

「ふぅん……じゃあ私、少し持って帰ろうかしら」

そう言って、リリアは布の袋を手に取った。

いつもなら牙とか角を入れるのに、今日はその一つが食べ物用になってしまった。

「美味しかったら教会にも持って行ってあげましょうよ」

そう言ってテセスも一緒になって、どんな料理にしようかと話し合っている。

うちの食卓に出てきたら……その時は覚悟することにしよう。

「なぁ、あれはなんだ？」

アッシュは、少し離れたところにある、一つの箱を指さしてヤマダさんに聞く。

戦っている最中にはなかったと思われる箱について、ヤマダさんは『あれも世界樹が生み出すアイテムだ』と教えてくれた。

先ほどヤマダさんが言っていた『オマケ』というのが、どうやらこの箱の中身のことらしい。

「『ダンジョン』と呼ばれる、まぁ魔物の棲み処（すみか）みたいなもんが世界各地にあってな。その最奥にいるのがボスだ。先代魔王のせいだろうな。今までのやつらだとレベルが低すぎて、アイテムを生み出すほどの力はなくなったみたいだが、グレイトウルフくらいになれば何かしらのアイテムになるんだよ」

ヤマダさんが言うには、世界樹にとってもボスや魔物の存在は迷惑らしく、その力を還すお礼として生み出されるものが、この宝箱（ドロップアイテム）というアイテムなのだそうだ。

そんな宝箱を生み出す魔物を討伐できるほど、僕たちは強くなれたのだとも言ってくれた。

僕たちだけでなく、魔王ヤマダさんとしても、世界樹にとっても、きっと意味のあるレベル上げになっているのだろう……

「ごく稀に世界樹じゃないやつが生み出す場合もあるけどな。まぁ今は気にすんな」

最後に、そんな意味深な説明も付け加えられ、ヤマダさんは僕たちにその宝箱を開けてみるように促すのだった。

4章《世界樹と子竜》

1話

「まぁ、とにかく中身を確認してみろよ。ただの薬草かもしれないが、お前たちにとって役に立つ装備品の可能性だってあるぞ」

宝箱の中身は、ヤマダさんにもわからないらしい。

中身は魔素の量次第で、強いボスほど良いものが手に入るそうだ。

装備品は、僕たちみたいにスキルで用意するのが一般的。ごく稀に純粋な技術だけで作る人もいるようだけど。

でも、ヤマダさんの装備品はそのどちらでもなく、全部が宝箱から入手したものなのだとか。

素材集めもそこそこに、僕たちは宝箱の前に集まって、アッシュが開けるのをじっと見つめていた。

なんとか人が入れそうなサイズの、作りは簡素な木製の蓋つきの四角い箱。

みんなが見守る中、アッシュが代表して蓋を開ける。

「これは……『弓』とかいう武器だったか？」

そこに入っていたのは、金属でできた一つの武器だった。

僕も以前、武器屋で見せてもらったことがあるが、これで攻撃を行うにはかなりの技術が必要だと聞いている。

遠距離からの攻撃といえば専ら投石か魔法だし、だいたいどの冒険者パーティも一人くらいは魔法を使える者を連れているものだから、弓は全く売れていないらしい。

色々なものに興味を持つ僕だからこそ勧めたのだと、武器屋のオヤジさんも言っていたくらいだ。

「剣か防具だったら使えたかもしれないのにね」

僕も手にとって見せてもらい、少し残念に思いながらそう言った。

「それに、これ飛ばす棒がついてないわよ。エメル村にはほとんど売ってないし、作らなきゃならないじゃない」

リリアが僕の手元を覗いて言うと、ヤマダさんが『矢のことか？』と尋ねる。

これまで扱ったことがないし、あまり知らない武器なので『弓と矢』という言葉すら出てこなかった。

そんな僕たちを見て、ヤマダさんはケラケラと笑っているのだから、なんだか面白くない。

「いやぁ、すまん。まさか『弓矢』がここまでマイナーな武器になっているとは思わなかったんで

な。せっかくだから、テセスちゃんが使ってみたらどうだい？　見たところ護身用の短剣くらいしか持っていないじゃないか。キミなら、まるでエルフみたいで似合ってると思うよ」

ヤマダさんがそう提案してくるが、テセスは乗り気ではなかった。

魔物と接近して戦っているアッシュやコルンに当ててしまうのは嫌だし、今から練習してもちゃんと扱えるようになるのは、かなり先になりそうだから、とのこと。

それに、いざ弓で戦うとなると、矢を大量に持たなくてはいけない。

魔力が尽きた時の代用にはなるかもしれないが、逆に言えばそのくらいしかメリットが感じられないのだ。

渋い表情の僕たちを見て、さらにヤマダさんは話をしながら僕に向かって手を差し出す。

「君たちは、世界樹の力を甘く見ていないか？　そんな不便なものを世界樹が用意するわけがないじゃないか。あー……いや、そうとも限らないか……」

『俺に弓を貸してみろ』と言わんばかりに、武器の前まで手を伸ばす。

ヤマダさんが僕から弓を受け取ると、そのまま矢も用意せずに攻撃の構えをとった。

「見ていなよ、これがこの弓の威力だ」

僕たちに宝箱から離れるように言うと、それを狙って、弓に張られた頑丈な糸を引き放った。

バゴォーン！

確かに何かが飛んで行ったようには感じられたのだが、大きな音とともに破壊された宝箱の側には何も見当たらない。

「攻撃には周囲の魔素を利用するから矢を番える必要はないし、狙いを定めるのも武器自体がサポートしてくれるよ。まぁその分、他の武器より威力が落ちてしまうのが『弓』なんだがな」

そのよくわからない説明を聞いて、テセスではなくコルンが興味津々だった。

「なぁ、その武器って俺でも扱えそうか？」

コルンといえば剣。それが当たり前だったから、僕は少し驚いてしまった。

村で売っている弓とは違うようだし、僕もちょっとは使ってみたかったけれど……

「まぁ、誰でも装備すりゃ使えるが……。せっかくのエルフちゃんが、これじゃゴブリンアーチャーだな……」

「なんだよそれっ!!」

憎まれ口を叩きながらもヤマダさんが弓を渡すと、コルンはそれを構えたり眺めたりと、嬉しそうにしている。

それを見たからなのか、やっぱり自分には合わないと考えたのか、テセスは『私は治癒魔法があるから』と言って、弓の装備を辞退した。

ヤマダさんが言う『エルフ』とか『ゴブリンアーチャー』が何かはわからないけれど、僕もテセスが弓を使う姿を見てみたいと思っていたから残念だ。

とりあえず今は、その弓をコルンが持っておくということになって、僕たちは再度素材の回収を行った。

グレイトウルフからは、大きな毛皮が数枚、爪を六本ばかり、それと例のお肉が取れた。

使えるかと期待していた牙にはそれほど強度がなかったし、何より僕が魔法を放った際に砕けたり欠けたりしているものが多かった。

「こんなにいっぱいになっちゃったけど、持って帰れるかなぁ？」

リリアが畳んだ毛皮の前に、ちょこんと屈(かが)んで呟く。

持ち帰ることはできるだろうけど、大きな毛皮は絨毯(じゅうたん)代わりにできそうなサイズで、肉も袋五つ分。

部屋に入れるか、とね屋や教会に持っていくか……

僕も合成してアイテムを作ってみたいとは思うものの、すでに部屋は魔石やら角や牙なんかで溢れ返っている。

そんな風に悩む僕たちを見たヤマダさんは、また僕たちの知らないことを教えてくれる。

そのおかげで荷物に悩むこともなくなって、ようやく僕たちは村へと戻ったのだった。

◆　◆　◆

僕は疲れて、村に戻るなりすぐにみんなと別れた。

荒野の洞窟……ヤマダさんが言うにはダンジョンというものらしいが、その中を長いこと歩いていたし、すでに日は傾いている。

あまり遅くなると親が心配してしまうので、今度からはダンジョン内の時間経過にも注意しなきゃ、なんてことを思いながら家に帰った。

「ただいまぁ」

「センっ！　ちょっと来なさい！」

家に入ると、突然母に呼び出された。

声の方向からするに、二階の僕の部屋で何かあったのだろう。

そして、おそらく原因は……

僕が二階へ上がると、母フロウの側で、崩れて散乱している素材やアイテムが目に飛び込んでくる。

「セン、あなたのスキルがすごいのは私も認めるわよ。だけど、片付けもできないようなら、これ以上の素材集めは許せません。部屋の外のものは、今日中になんとかしなさい！」

ケムリ玉なんかは、袋の紐まで解けてあちこちに転がってしまっているのだから、母が怒るのも無理はなかった。

これを今日中に片付けるなんて、絶対に無理だと思う……昨日までの僕だったら。

「ごめんなさい、母さん。晩御飯までには片付けるよ」

ALPHAPOLIS
WEB CITY
SINCE 2000
ALPHAPOLIS
アルファポリス
LN_Ver.1

おっさん系

若い奴らだけが主人公じゃない!
人生経験豊富で魅力あふれる
「おっさん」達が主人公の
作品をご紹介。

異世界に飛ばされたおっさんは何処へ行く?

シ・ガレット

異世界に飛ばされた心優しきおっさんタクマが、愛狼とともに不思議な異世界をゆる～く旅する、ほのぼの冒険ライフ!

既刊8巻

じい様が行く

蛍石

孫の代わりに手違いで異世界転生!? 年の功と超スキルを引っさげたじい様が、剣と魔法の異世界でゆるり旅!

既刊7巻

超越者となったおっさんはマイペースに異世界を散策する

神尾優

若者限定の勇者召喚に選ばれたのは42歳のサラリーマン!?　激レア最強スキルを手に、自由気ままにおっさんが異世界を往く!

既刊6巻

価格：各1,200円+税

実は最強系

アイディア次第で大活躍!

いずれ最強の錬金術師?

小狐丸　既刊6巻

地味スキル「錬金術」を与えられ異世界に転生したタクミ。しかし実はこのスキル、凄い可能性を秘めていて……!?

落ちこぼれ[☆1]魔法使いは、今日も無意識にチートを使う

右薙光介　既刊5巻

最低ランクのアルカナ☆1を授かったことで将来を絶たれた少年が、独自の魔法技術を頼りに冒険者としてのし上がる!

価格：各1,200円+税

続々刊行中! 話題の新シリーズ

転生・トリップ・平行世界・・・
様々な世界で主人公たちが
大活躍する新シリーズ!

この面白さを見逃すな!

追い出された万能職に新しい人生が始まりました
東堂大稀
既刊3巻

万能職とは名ばかりで“雑用係”だったロアは「お前、クビな」の一言で勇者パーティーから追放されてしまう…生産職として生きることを決意するが、実は自覚以上の魔法薬づくりの才能があり…!?

神に愛された子
鈴木カタル

善行を重ね転生したリーンはある日、自らの称号に気づく。様々な能力は称号が原因だった!!更に伝説の聖獣に呼び出され…!?

既刊4巻

初期スキルが便利すぎて異世界生活が楽しすぎる!
霜月雹花

転生後、憧れの冒険者になるが依頼は雑用ばかり…。しかし、持ち前の実直さで訓練を重ね、元英雄が認めるほどの一流冒険者に!?

既刊3巻

スキル【合成】が楽しすぎて最初の村から出られない
紅柄ねこ

啓示の儀式で授かった【合成】スキル。それは強力過ぎる能力だった!!スキルを隠して過ごすセンの元に異様な姿の男が現れて——!?

既刊1巻

欠陥品の文殊使いは最強の希少職でした。
登龍乃月

魔法の才能がなく実家を追放されたフィガロ。引き取ってくれた伝説の大魔導師の元、徐々に秘められた力に目覚めていくが——!?

既刊3巻

大自然の魔法師アシュト、廃れた領地でスローライフ
さとう

魔法適正「植物」のため実家を追放されたアシュト。第二の人生はスローライフと考えていたが、レア種族がどんどん集まって来て!?

既刊1巻

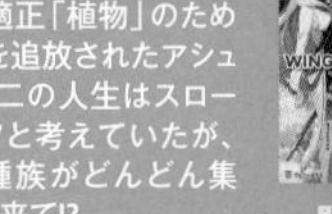

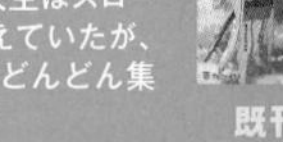

既刊2巻

勘違いの工房主
時野洋輔

「戦闘で役に立たない」とパーティを追い出されたクルト。工事や採掘の仕事でも役立たず…と思いきや、実は戦闘以外の全適正が最高ランクで!?

既刊3巻

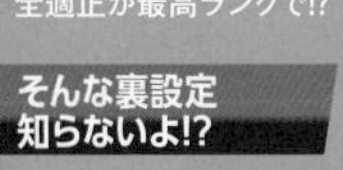

既刊3巻

そんな裏設定知らないよ!?
なつのさんち

ゲーム世界の脇役に転生したリュー。それならと推しキャラ:アンヌを正統派ヒロインにすることを決意!!なのに、知らない裏設定がどんどん出てきて——!?

既刊1巻

既刊2巻

追い出されたら、何かと上手くいきまして
雪塚ゆず

紫の髪と瞳のせいで家から追放されたアレク。素性を伏せ英雄学園に通うと桁外れの才能で人気者に!!実は彼の髪と瞳の色には秘密があり——!?

既刊2巻

既刊2巻

「ん。すぐにやってくれるのは良いことだけど、部屋に押し込むだけじゃダメよ。そんなんじゃ結局、同じことの繰り返しになるんだから」

大丈夫、僕にはとっておきの秘策があるんだ。

母さんの前でやってみせて驚かせたい気持ちもあったけれど、あまり僕たちのやっていることを詮索(せんさく)されても困るから、ぐっと我慢した。

母さんがご飯を準備している間に、終わらせてしまおう。

◆◆◆

『なんだ？　そういえばお前たち、インベントリは使っていないみたいだな』

素材を持ち帰る際に、ヤマダさんは『インベントリ』という技を教えてくれた。

詳しいことはわからないけれど、世界樹が素材なんかを預かってくれるのだそうだ。

しかも、預けたものはイメージすれば一覧表で表示され、『何』が『どれだけ』あるのかも一目瞭然(りょうぜん)。

世界樹にも目的があるらしく、その目的のために一部の冒険者に与えられる力だという。

ヒューマン限定……とかヤマダさんは言っていたけど、そこは理解できなかった。

昔ならいざ知らず、今の世界なら僕たち程度の存在でも、十分与えられる資格があるのだとか。

褒められたのか貶されたのかはさておき、僕たちはその力を使って素材を持ち帰ることができた。

僕はインベントリを使って素材を片付け、一階に下りて声をかける。

「母さん、終わったよ」

晩御飯が食卓に並べられていき、それが終わると母は『どれどれ？』と言って二階に上がった。

「まぁ！　……え、どうしたのよ？　もしかして全部捨てちゃったの？」

魔石やルース、それを素材としたアイテムは、インベントリに預けることはできなかった。これらは世界樹ではなく、先代魔王の生み出したものだからだと、僕は思っている。

それでも、魔物の素材は全てなくなりスッキリしている。

「全部を捨てたわけじゃないけど、今度から必要以上に素材を集めないよう気をつけるよ」

「うん……まぁ、ちょっとくらいなら良いのよ？　相談があったら母さん聞くからね」

かなりの物がなくなったせいか、なんだか別の心配をかけてしまった気もするけれど、とにかくこれで溢れ返った素材の問題は片付いた。

少しして父が帰り、丁度テセスもやってきて、僕たちは食事にした。

さすがにうちの食卓に例のお肉は並んでいないが、リリアのところでは今頃フルコースでもできているかもしれない。

そんな新しい魔物の肉の話をしていたら、母が興味を持って食べてみたいと言い出したので、おそらく数日のうちには目の前に出される日が来るのだろう……

ちなみに、心配されても困るので、魔物の討伐はアッシュとコルンがやったことになっている。

「テセスちゃん、よかったらセンの部屋に上がんなさいよ。久しぶりに綺麗に片付いているからビックリするわよ」

そんなことを母が言うものだから、テセスもその気になって、食事を終えた僕たちは二人で二階に上がって話をした。

それにしても、今日は本当に色々あった。

世界各地にはダンジョンがあって、その奥にはボスがいる。

強いボスを倒すと宝箱が手に入って、中には珍しいアイテムが入っていることもあるそうだ。

世界樹はボスとも宝箱とも繋がりがあって、僕たちに『インベントリ』という力も授けてくれた。

まぁ、全部ヤマダさんが言っただけの話だから、どこまで本当なのかはわからないけれど、きっと全部真実なのだろう。

それ以上にわからないのは、ヤマダさんの目的と世界樹の目的……かな。

「なんだか、小さい頃に聞いた物語みたいになっちゃったね」

そう言って、テセスが微笑む。

「世界樹に咲く花を探すやつ？」

わりと有名な世界樹のお話。

そういえば小さい頃からテセスは世界樹を見たがっていた。

様々な困難を乗り越えて、たどり着いた先にある世界樹には……

「そう。でも、お花は咲いていなかったのよ。怒り狂った主人公が、世界樹のそばにいた生き物に八つ当たりをし始めちゃって」

今思えば、変わったお話だと思う。

普通に花が見つかってハッピーエンドでもいいと思うのに、花が咲いていないと知った主人公は一匹の小さな竜を刺し殺してしまった。

今『小さな竜』と聞くと、ピヨちゃんの姿が思い浮かぶものだから、余計に複雑だ。

とにかく、その竜の命と引き換えに『世界樹の花』が手に入ったことになっている。

僕がそんな物語を思い出していると、テセスがさらに続けて言った。

「世界樹って、本当はその子竜を倒して欲しかったんじゃないかって思うのよ……その見返りに『花』を授けたって考えたらさ、それまでの主人公の困難も、全部意味があったのかなって」

物語の裏側や作者の意図を知っている人なんて、もうおそらく誰も存在しないのだろうけれど、そう言われるとそれが真実に思えてくるのだから不思議なものだ。

僕たちは意図せずだけど、世界樹にとってメリットになるように動いている。

その見返りに、世界樹から力を分け与えられている。

僕たちが行き着く先は子竜なのか、花なのか……

いずれにせよ、今は村のために強くなるだけだ。

僕もテセスも、それでいいと思った。

2話

翌日、僕たちはいつもの五人で出かけ、コルンの弓の練習に付き合っていた。

せっかく入手した武器だからというよりも、ただの興味本位。

扱いが難しいと聞いていたし、あの『世界樹の力』とかいう不思議なものを、もっと見てみたい気持ちも強かった。

一方で、新しい素材が手に入ったのだから合成も試したい。

僕は少し離れたところで、新しいアイテムが作れないかを試していた。

「外に来てまで合成か？」

弓を持ったコルンにそう言われたものだから、僕は『外でも合成ができるようになったからだよ』と返す。

インベントリさまさま。

逆に『家の中でも剣を振っていいのなら、きっとコルンはそうするだろう？』と言うと、それ以上何も言われなくなった。

いちいち大量の素材を持ち運ぶのは大変なので、合成は家の中ばかりだったけど、僕だってできることなら外で作業がしたかった。スペースを広く使えるし。

そんなわけで、ノーズホッグ相手に弓を構えるコルンと、それを見ているアッシュ、僕とテセスとリリアはのんびりと少し離れたところで座っている、という状況である。

近くに丁度手頃な切り株もあったし、そこに布を一枚広げて素材をいくつか取り出した。

「ピヨちゃんも遊んでくる？」

僕の近くに座っているリリアがそう言うと、ピヨちゃんは羽を広げて上空を飛びだした。

近づいてくる魔物の対策にもなるし、時々素材を拾ってくることもあるそうだから、本当に賢いと思う。さすがはリリアの召喚獣と言うべきか。

僕は手始めに、グレイトウルフの戦闘で消費しきってしまった中級ポーションの補充を行う。

家にあった素材は、ほとんどがインベントリに入っている。世界樹に預けられない魔石やルースなどは、袋に入れて持ってきた。

「いつもの何種類もあった中和剤って、持ってきてないの？」

テセスは、僕の取り出した小瓶入りの中和剤を手に取って言う。

それは今朝慌てて、魔石を使わずに作ったものだ。普段使う中和剤と違って色がついていない。

「うん、あの中和剤は材料に魔石が含まれていて、インベントリに入らないからね。ルースも入れられなかったからさ、四大属性のものだけを袋に入れてきたよ」

腰の袋の中にはルースが入っている。それとは別に、昨日の戦いで手に入れた上級魔石も持ってきた。

インベントリから小瓶を取り出して、その中に中級ポーションを作っていく。

でき上がったものをインベントリで保管しておけるのは確認済み。

今作ったそれを、みんなに数本ずつ渡しておいた。

アッシュとコルンにも、と思い、近づいていく。

丁度一匹のノーズホッグを仕留めたところらしく、遠くから『プギィー』という魔物の鳴き声が聞こえてきた。

「ほぉ……すごく上手いじゃないか、コルン」

アッシュがそう褒めているのだから、相当な腕前なのかもしれない。

「そ、そうかなぁ？　勝手に矢が飛んでいった感じで、不思議な気分なんだけど」

照れながらコルンが言うと、『じゃあその不思議な感覚に慣れるまで何度も使うんだぞ』と言われていた。

その様子を眺めていたら、アッシュもこちらに気づいたようで、声をかけてくれる。

「どうしたんだ、セン？　合成はいいのか？」

「うん、とりあえずポーションだけでも渡しておこうと思ってさ。みんな、昨日の戦いで持ってたやつは全部使っちゃったみたいだし」

「そういやそうだった。いつも悪いな」

アッシュは、ポーションを受け取ると、パッと手の中から消した。

自分でやっている時はあまり感じなかったけれど、他人がインベントリを使うのを見るとやっぱり少し驚いてしまう。

ヤマダさんも使っていた気がするが、その時はまぁ『ヤマダさんだし……』なんて思ってたっけ。

「インベントリを教えてもらったしさ、いつでもみんなに持っててもらえるから僕も助かるよ。これ、コルンにも渡しておいて」

そう言って僕が笑うと、アッシュは頷きながらも『そうだ、戦闘中にアイテムを使えるように慣れておかないとな』と、コルンにも普段からアイテムの出し入れをするよう伝えに行った。

僕が切り株のところまで戻り、改めて合成素材と向き合うと、先ほどの僕たちの様子を見ていたリリアが聞いてくる。

「色々喋ってたみたいだけど、何かあったの？」

「いやぁ、コルンも大変だなって思ってさ」

何が大変って、こと戦闘においては妥協を許さないアッシュの姿勢。

それにちゃんと応えなくてはならないコルン。

まぁ、当の本人も強くなりたくてアッシュに弟子入りしたのだから、不満なんてあってはいけないのだろう。

でも僕には……ちょっと無理かもしれない、なんて思ってしまった。

「きっと、コルンが剣から弓に心移りしちゃったから、アッシュは寂しいんじゃない？」

リリアが笑ってそんなことを言うので、再び二人の方に目を向けると、なんだかそんな風にも見えてくる。

口では弓の腕前を褒めていたけれど、剣ももっと上達してほしいんだろうなぁ。

なぜだか今日はノーズホッグが大量に出現しているし、きっと弓はすぐに上達すると思う。

まぁとにかく弓のことは二人に任せて、僕たちは新しいアイテム作りだ。

早速、グレイトウルフから入手した赤い上級魔石を取り出して、その辺の魔物から得た小粒の魔石との合成を試みる。

でき上がったルースをテセスに見てもらうと、それには『炎』の魔文字が含まれていた。

四大属性『火』の上位の魔文字だが、こちらも四大属性同様にわりと多く出てくるのかもしれない。

品質も『良』だったし、これを売ったら裕福な暮らしができそうだけど……

「中級魔石でも『炎』はたまに見かけたけど、やっぱり効果に違いはあるのかしら？」

ふいにリリアがそう言ったように、中級魔石を合成していた時にも、時々上位の魔文字を見かけることがあった。

僕たちが本を読んで知っている上位の魔文字は『炎』の他に、『嵐』『潮』『星』。

『潮』と『星』に至っては見たことがないし、『炎』もあまり数が揃わなかったから、それを合成して高威力を出すのは難しいと思う。

「どうなんだろう？　村に戻れば同じ魔文字のルースはあるはずだけど」

「じゃあ試してみる？」

そう言うと、リリアは自前で用意したルースを懐から出した。

聞けば、出来のいいルースを何種類か、いつも持ち歩いているのだそうだ。

売却用に低品質のルースを作りながらも、僕とは違う方法で品質の高いものを作れないかと、試行錯誤していたらしい。

「センの作ったルースよりも、品質は高いんだよ」

そんな中、偶然生まれた『炎』の高品質のルース。

僕でも『良品質』がほとんどで、それ以上の品質は稀だ。

しかし、リリアは合成方法を見つけたらしい。ドヤ顔で説明されて、僕は唖然としてしまった。

「ドッキリ大成功だね、リリアちゃん」

僕の横でテセスがそう言うものだから、さらに驚いた。

「えっ!?　じゃあテセスは知ってたの？」

「うん。リリアちゃん、毎日のように鑑定を依頼しに来てたから」

言われてみれば、知っていて当然だ。低品質の素材を売るのにも、結局はテセスによる鑑定が必要なのだから。

「じゃあ僕だって！」

非常に悔しい。

僕より一年も後に【合成】スキルを得たのに、いつの間にか同じスキルレベルになっていて、さらには僕より高品質のアイテムを作ったんだから。

いい師匠だったら『もう教えることは何もないな』とか言うのかもしれないけどさ、やっぱり弟子に抜かれるとか考えられない。

あ、だからテセスもあんなに悔しがっていたのだろうか……

自信があった鑑定スキル。だけど、ヤマダさんの出した、たった一つのアイテムをちゃんと鑑定できなかった。

この前の酔っ払ったテセスを思い出し、なんとなく気持ちがわかったような気がする。

もしかしたら、今日のアッシュだって似たような想いなのかもしれない。

いや、そっちは八つ当たりに近いかも？　だからコルンにキツく当たっているのだろう。

「私だって何日も考えて思いついた方法なんだから、そう簡単には作れないわよ」

胸を張って、自慢げにルースを片手にそんなことを言うリリア。

その表情を見て、僕の闘志はさらに燃え上がった。

「ふふっ、魔石って言ったら魔力が必要なんでしょ？　だったらさぁ……」

僕は持っていた『火』のルースを使って中和剤を作成し、さらにインベントリから惜しげもなく何枚もの『魔力草』を取り出す。

その二つと別の『火』のルースを使い、合成を試みた。

より強い力を放つ、高品質のルースをイメージしながら……

そうして、テセスに鑑定してもらった後。

「よかったじゃん、一応……うん、きっと新しいアイテムができ上がったんだしさぁ」

僕はリリアに慰められていた。でき上がったのは結局『良品質』だったのだ。

ただ、それはおそらく魔法のルースではなくなってしまった。

使おうと思っても魔法が発動しないし、テセスによる鑑定結果は『魔法の媒体』ではなく、『攻撃アイテム』だったから。

「使い方のわからないアイテムなんて、持っていたって意味ないよ」

「でも、センの作ったアイテムなんだし、きっとすごい効果があるわよ」

自分で言うのもなんだけど、珍しく意気消沈していたので、リリアからそんな風に期待されても喜べない。

「もういいや……魔力草も無駄にしちゃったし」

高品質を目指すことは諦めて、グレイトウルフの素材を取り出す。

そんな僕の姿を見て、リリアは謝った。

「あわわゎ……ご、ごめんって、セン。別に偉そうにとか出し抜いたとか、そういうつもりはなくて……その……ちょっとは優越感に浸りたかったけどさ」

そう言いながら、僕に『高品質』を作るコツみたいなものを教えてくれるリリア。

別に材料が特別なわけではなく、一つ一つの材料や器具を丁寧に扱っただけらしい。

材料さえ集まれば、あとはスキルが合成を手伝ってくれるから、その間の工程なんかは、ほとんど考えたことがない。

もちろん、乾燥した材料より新鮮なもののほうが良かったり、水は多すぎても少なすぎてもダメだったり、っていうのは気にかけているけれど。

でも、それ以外の細かな汚れや、キズや素材の劣化なんかを気にしたことはなかった。

それを教えてもらって、僕はさっそく大量の薬草を取り出す。

その中から十枚、なるべく新鮮で傷みのないものを選んだ。

薬草の洗浄には水魔法と風魔法を使い、入れる小瓶も念のために洗っておいた。

治癒効果のある成分が、凝縮され小瓶に収まっていくようにと、真剣にスキルを使用する。

これほど真剣になったのは、おそらくスキルを授かった最初の年以来だと思う。

知らず知らずのうちに、僕はスキルを適当に使用していて、ありがたみなんかも忘れていたのかもしれない。

そうして、僕の掲げる右手の小瓶の中には、初めて作った時とは比べものにならないほど透き通った青色の液体が入っていた。

「テセス、いつもお願いしてばかりだけど、これも鑑定してもらっていい？」

「ふふっ、センが作った下級ポーションの鑑定なんて、いつ以来かしら」

テセスは笑いながら小瓶を受け取り、鑑定を終えると再び笑顔で僕に返してくれた。

「どうだったの？」

結果が待ちきれないとばかりに、リリアも身を乗り出してテセスを見つめている。

「うん、多分これ以上ないってくらい高い品質だと思うわ」

それは『高品質』ではなく、さらに上の『最高品質』だったと言うのだ。

そう聞くと、今度は小瓶も同じ品質を目指したい。

良質な粒鉱石を少し取り出して、僕は同様に丁寧に洗浄し、スキルを使った。

今までの小瓶も無色透明だと思っていたけれど、今回作ったものと比べると、若干濁っているように見える。

その後に作ったルースや中級ポーションは『高品質』止まりだったけど、これも今までで一番良い出来だったのだから何も不満はない。

僕は面白くなって、これまで作ったことのあるアイテムを、何度も作った。

いつの間にかピヨちゃんも戻ってきて、コルンの弓の練習に付き合っていたアッシュも、こちらが気になったようで見に来ていた。

それに気づいて振り返り、僕がみんなの顔を見ると、ニヤニヤと笑っている。

「え!? あ、みんな、ど、どうしたのさ？」

「ううん、別にどうもしないわよ。ね、リリアちゃん」

テセスが同意を求めると、リリアも首を縦に振る。

「センが楽しそうだったからさ、別にいいんじゃないかな？」

リリアの視線が僕の作ったアイテムに向いていて、釣られて見ると、そこには王都の高級店に並んでいるような高い品質のアイテムがたくさん。

「これ……売ったりできるかなぁ？」

「「無理だな（でしょ）」」

僕は、またも売り物にならないアイテムばかりを作ってしまったようだ。

3話

日が傾いてきたので、コルンは弓の練習をやめてこちらにやってきた。

僕とリリアは、魔石の違いを確認している。

中級魔石から作られた『高品質の炎のルース』の威力は、上級魔石から作られた『良品質の炎のルース』に及ばない。

このことから、ルースの威力は材料となる魔石の質で決まることがわかった。完成したルースが『良品質』と『高品質』程度の差では、ということかもしれないけれど。

ともかく、今後魔法の威力を高めようと思ったら、中級魔石ではなく、上級魔石を集めるほうがいいみたいだ。

ちなみに、上級魔石から作った『良品質の炎のルース』は、『火の魔文字五個のルース』よりも少し強かったくらいだが、その分、魔力の消費は大きい。アッシュでは数回使うのが限界だ。

それとは別に、せっかく入手したのだからと、グレイトウルフの毛皮と他の素材を合成して防具製作を試してみたのだけど、こちらはスキル自体が発動しなかった。

スキルレベルが足りないのか、あるいは、そもそも合成に使える素材ではないのか。もしかすると、裁縫師みたいな職でないと扱えないのかもしれない。

「王都にならわかる人がいるんじゃないかしら？」

テセスが、王都にある工房の話を交えながら言う。

だけど、王都にいる人たちはそもそもボスの存在自体を知らないかもしれないし、謎の魔物の素材だとパニックになられても困る。

そうなったら冒険者ギルドなんかに話が行って、討伐隊が組まれたりする可能性もあるだろう。

だから、王都に持っていくのは慎重になったほうがいい。

グレイトウルフの爪も試したところ、やはり今の僕には合成できないようだった。

残念だけど、売るわけにも他人に聞くわけにもいかないので、そのままインベントリで眠っていてもらおうと思う。

「セン、そっちのアイテムは何なんだ？」

「え？　これ？」

コルンに聞かれて、僕は切り株の上に置いてあった赤い石を手に取る。

「わからないんだけど、攻撃アイテムみたいだよ」

『高品質』を目指して、魔石と魔力草、それに特別に作った中和剤でできたアイテム。

魔法が使えるわけではないし、ケムリ玉みたいに魔力を流し込むイメージを浮かべても、攻撃手段が発動する気配はなかった。

あと考えられるのは、『魔符』のように、この石を砕いて発動させる可能性。

だけど、ちょっとやそっとじゃ割れそうにないし、岩なんかで砕いてみて、その場で発動しても困る。

だって『火』の魔文字が入っているから、下手すれば森林火災や自分も大火傷をする恐れが……

「じゃあさ、そのアイテムを先端につけた矢を一本、作ってみてくれよ」

コルンは思いついたようにそう言った。

矢を作るといっても、僕はその形状や性質なんかをあまり知らず、材料もどうすればいいか悩んでしまう。

するとコルンが実際に使ってみた感覚で、それを教えてくれた。

「先端の方に重心があって、ここの長さと矢じりとかいったっけ？　その部分で、飛んでいくときのバランスを取るみたいだぜ」

コルンは、レーヴァテインを使って器用に地面に絵を描き始めた。

ちなみに、剣で絵を描く光景を見たアッシュは、やはり少し面白くなさそうだ。

「じゃあ、アグルの木片と、鉄のインゴットでいいかな？」

「いや、鉄を使うのはもったいないから、代わりにその攻撃アイテムを先端につけてみてほしいんだ」

どのみち使い道のないアイテムだし、コルンに言われた通り、アグルの木片と失敗した『攻撃アイテム』を合成して、一本の『矢』のようなものを作り上げた。

「木の棒の先端に、石をくくりつけただけみたいじゃん」

でき上がったものを手にしたコルンが笑いながらそう言うので、今度は武器屋に行って実際の『矢』を買ってからスキルを試そうと思う。

まぁ、それもこのアイテムを上手く使うことができたらの話だけど。

なにせ、一枚で銀貨一枚する魔力草を五枚も使ったのだ。

実際には一枚でも同じようなアイテムが作れるのかもしれないけれど、それでも銀貨一枚は高い。

弓に矢をセットすることを『番える』というらしいが、コルンの弓は自動で矢みたいなものが生成されて放たれるため、番える必要はない。

だけど、もちろん本物の矢を飛ばすこともできるそうだ。

「確かこんな感じで……」

僕の作った矢のような……いや、僕の作った『矢』をコルンが弓に番えると、そこに世界樹の力が加わるらしく、ほんのりと淡い光を放っている。

本物の矢の周りに、世界樹の矢が纏わりついたという感じだろうか？

だとすると、本物の矢がある分だけ、純粋に強さも増していると考えていいのかもしれない。

「じゃあ撃ってみるぜ。みんな、少しだけ離れててくれ」

コルンは、少し離れたところにある大きめの岩を狙った。

万が一、大きな炎が出ても燃え広がらないように、僕が矢を作っている間に岩の周囲に生えていた雑草を刈っておいたらしい。

一本のみ作られた攻撃アイテムの矢は、勢いよく放たれた。

見た目があまり良くないから、まっすぐ飛んでくれるか心配ではあったが、それを補正してくれるのがおそらく世界樹の力。

ほんのり光を纏っていた矢は、弧を描き、狙いを定めた岩のど真ん中に命中した。

魔符の効果は、文字の刻まれている方向に放たれるらしいので、僕も絡新婦との戦いの際には、その面を敵に向けていた。

じゃあ、この矢が魔符のような効果をもたらすとしたら、発動範囲はどうなるのか？

ドォォン！

岩に当たった矢の先端が砕け、それと同時に攻撃アイテムの効果が発動する。

一方向に発動するのではなく、辺り一帯を炎で包み込んでしまった。

炎自体の強さは、きっとリリアの放つ火魔法のほうが上だとは思うけど、弓による攻撃と合わせて考えると、かなり使えそうな気がする。

矢が魔物に刺さって体内から魔法が発動すれば、威力も格段に増すだろうし。

ただ、魔物に刺さったとして、アイテムが今回のように砕けてくれるのかという疑問はある。

「やっぱりさ、先端につけたアイテムが壊れなきゃダメみたいだし、使いづらいんじゃないかなぁ？」

僕は、手に新しい魔石と魔力草を持って考える。

コルンは『壊れやすいように薄っぺらくしたらいいんじゃないか？』と言うが、それで持ち運んでいる間に割れたりしたら大変だ。

少なくとも、多少叩いたくらいでは壊れない程度の強度は欲しい。

試しにもう一本、今度は風の魔石と魔力草一枚だけを用いて矢を作る。

細く薄く作った矢は、やはり手でも簡単に折れそうなくらい脆（もろ）くて、地面に投げつけただけで効果が発動してしまった。

「ケムリ玉みたいに、魔力を込めると発動するようにはできないのかしら？」

そう言って、インベントリから取り出したケムリ玉を眺めるリリア。

「魔物の皮で包んでみるイメージでいいのかな？」

ケムリ玉を参考に、一部の素材を変えることで、もしかしたら期待する効果が得られるかもしれない。

そう思い、再び魔力草を取り出すと、それを見たリリアが心配そうに声をかける。

「そんなに使っちゃって大丈夫なの？」

「うーん……ちょっともったいないけど、強いアイテムを作れるなら仕方ないかなぁ？」

「でも、センは最近お金が少なくなってきたって言ってなかった？」

「うん、まぁ……この間、デッセルさんから買った魔力草も少しはあるし、大丈夫」

とはいえ、やはり手持ちが寂しいのは事実だし、換金用のアイテム作りもしたい。

そのために魔力草を使って中級ポーションを量産することも考えていたけれど、今は目の前のアイテムの完成を目指したいとも思う。

まぁ、使い切らないようにはしないとな……

ともあれ、試しに作ってみたが、魔物の皮を用いたところで魔力に反応するものにはならなかった。

あれはケムリ玉だからそうなるのかもしれない。いや、もし魔力で発動できる矢になったとしても、弓に番えている時に発動したら困る。

時間差で発動するように作ればいいのだが、今の僕には作成方法が思いつかなかった。

◆　◆　◆

その後も何回か試行錯誤して、僕は一本の完成形を作り上げた。

材料に魔石を使っていてインベントリには保管できないが、普段のちょっとした衝撃では壊れず、かつ、当たった時には確実に砕けて効果が発動するようになっている。

これまで尖らせて作っていた矢の先端は、衝撃を受けやすくするため、頭を潰した形に変えた。

そこから波打つ棒状になっていて、そこまでが攻撃アイテムだ。その先はアグルの木片を用いた直線の棒が続く。

魔物に当たっても突き刺さりにくくはなったが、衝撃で波打った部分が折れてアイテムの効果が発動する。

『せっかく作るんだったら』と、リリアが村の武器屋から見本用の矢を一本と矢筒を買ってきてくれたのだが、それについていた『矢羽』と呼ぶ部分は素材がなくて作れなかった。

そうして結局は変な形の棒が、今回作ったアイテムの完成形ということになる。

「普通の矢だったら、スキルのない俺でも作れるかも」

アグルの木片を持ちながら、コルンがそんなことを言った。

……うん。僕もそう思う。

風の魔文字を使った矢を数本作り、森の近くを歩いていたノーズホッグで試し撃ちをした。

ノーズホッグ程度であれば一発で倒すことができるから、威力は悪くない。

「なぁセン、この矢なんだけど、もっと大量に作ってくれよ。ボス戦でガンガン使えれば、倒すのが楽になると思うぜ」

今ならグレイトウルフにも矢を当てられそうだと言って、コルンは僕に矢の増産を頼んでくる。

もちろん、できるのならそうしたい。

「ま、まぁ……魔力草がいっぱい手に入ったら……ね」

確かに今回作った矢は有用だ。かかった金額のことを無視すれば、の話だけど……

4話

小金貨二枚と銀貨少々。

早朝から雑貨屋に来ている、今の僕の全財産だ。

正直言うと、僕のスキルだったらお金に困ることはありえないとさえ思っていたのだが。

最近は高品質すぎるアイテムや、村の人が見たことのないようなものばかり作っていたので、製作物を売ることができなかった。

いつも通り魔力草の代金を払ってしまうと、昼食代くらいしか残らない。

◆　◆　◆

きた。

「何か良い方法ってないかなぁ？」

雑貨屋で用事を済ませた後、リリアと一緒に、前に彼女が粒魔石を集めていた池の方にやって
僕が洞窟に行った時に、リリアが向かった場所である。

以前来た時に、この池から上級魔石を落とす魔物が出たのをリリアが思い出して、二人で討伐に来たのだ。すでに何匹か倒し、上級魔石をいくつか手に入れている。

僕が金策を相談すると、リリアは呆れたような顔をした。

「だからお金は大丈夫なのかって聞いたじゃないの。どうしようもないなら、テセスに頼んで鑑定書の品質欄を誤魔化してもらえばいいんじゃないの？」

僕とリリアの作るアイテムは、意識して品質を落とさないと、市販では見たことのない高品質なものになってしまう。そんなものを普通に売りに行ったら大騒ぎになるから、売る相手や場所は慎

重に選ばないといけない。

品質を誤魔化すにしても、何かトラブルでもあったら、鑑定書を書いたテセスにも迷惑をかける。

いや、それ以上に村に迷惑がかかることも考えられた。

まぁ……デッセルさんほどの人なら、そういった商品も貴族相手に高値で売りつけることができるんだろうけれど。

「だったら正体を隠して王都にでも売りに行ったらいいんじゃないの？　一個くらいなら、ビックリするような品質のアイテムを売ったって、きっと大丈夫よ」

「あ、そっか。そういえば変身できるアイテムも作っていたんだっけ」

そうなるとテセスには鑑定を頼めないので、未鑑定で持ち込むか、他の者に鑑定してもらうかだな。

もしお偉いさんが気づいたら、鑑定をした者に話を聞きにいくだろうから。

それに、ポーションみたいな回復薬を売ると、それこそ魔族領に攻め入るとか（ヤマダさんたちなら大丈夫だろうけれど）、国同士の争いにまで発展しかねない。

僕が不安を口にすると、リリアからはツッコミが入る。

「なに勝手に妄想を繰り広げてるのよ？　そんな『ちょっと効果が高いだけのポーション』で戦争になんかなるわけないじゃない。もっとも、センがそれを何千個も売るって言うなら話は変わるかもしれないけどさ」

「でも、その一本を調べて量産されることだって、考えられるんじゃないかと思って」

「だったらもう誰かが作ってるわよ。みんな、良い品質のアイテムを作りたいって思ってるんだし」

まぁ確かにリリアの言う通りだ。だけど、そんな高品質を量産したなんて話は聞いたことがない。

大昔の人は今より強いスキルを授かっていたらしいから、僕やリリアみたいなスキルを使って、もっともっと良いアイテムを作っていたのかもしれない。

でも、今は少なくともエメル村やテセスが出向いたことのある街では、僕やリリアが作るほど品質の高いアイテムは出回っていないようだ。

「じゃあ……これにしよっかなぁ」

たとえ姿を変えたとしても、見知らぬ鑑定師や道具屋を巻き込むのは少々気が引けるため、僕は一本の長剣をインベントリから取り出した。

リザード狩りで集めた魔銀(ミスリル)から作った、魔銀(ミスリル)ソードだ。

ただ、これに関しては『＋5』という効果の他に、ベノムバイパーの毒を素材にしたため『微毒』効果もついているみたいだけど。

「えぇ？　そんなの売るくらいなら、普通に魔銀(ミスリル)を売ればいいんじゃない？」

「うん、確かに魔銀(ミスリル)のインゴットをたくさん売れば十分だろうけどさ。剣一本分でも希少なのに、そんなの大量に持っていったら怪しまれちゃうよ」

そう言うと、リリアは怪訝そうな顔をする。

「待ってよセン、魔銀(ミスリル)だったらインゴット一本だけで小金貨数枚はするでしょ？　それじゃ足りないって、いったいいくら欲しいのよ？」

別に大金が欲しいわけではないけれど、また金欠になって同じことを繰り返すのは嫌なので、なるべく高額になりそうなものを一つ売ろうと考えた。その結果、魔銀(ミスリル)ソードになったわけだ。

そうリリアに説明し、魔銀(ミスリル)ソードをじっと見つめる。

「できれば金貨一枚にはなってほしいかなぁ……」

この剣に使った魔銀(ミスリル)をインゴットのまま売れば、もっと高値がついたはずだ。

だけど、合成で一本の剣になってしまったので、小金貨数枚分かな。

この剣の斬れ味なんかをどうにか見てもらって、できるだけ高く買い取ってもらいたい。

「セン……別にいいんだけど、それ絶対にポーションを売るよりも大変だと思うわよ……見た目も妖(あや)しいし。あ、出てきたわっ！」

リリアがそう言って、池の方を指さした。目的の、上級魔石を落とす魔物が現れたようだ。

「セン、水の側(そば)にいると感電しちゃうから気をつけてね。いくよっ、サンダーストーム！」

ピヨちゃんが上空に逃げ、僕も池から離れると、リリアは魔法を放った。

バリバリバリッという轟音とともに、池から飛び出してきた一匹の巨大ガエルめがけて、電撃の魔法が襲いかかる。

リリアにそんな魔法が使えるルースを渡したわけではない。

今彼女が放ったのは、グレイトウルフが使っていた技そのもの。

リリアが啓示の儀式で授かったもう一つのスキル『怪技（かいわざ）』は、どうやら魔物から受けた技を使えるようになる、というものらしい。

今リリアが使えるのは絡新婦（じょろうぐも）の『麻痺の邪眼』と、今放った『サンダーストーム』という技。

前回、カエルに出くわした時には火魔法を何発も何発も撃って倒したそうだけど、サンダーストームのほうが効果が高いようだ。

なので、今日はこれで戦っている。

僕はというと、倒したカエルの解体と、カエル以外の魔物討伐だ。

カエルからは刺激臭のする液体の詰まった袋と、伸縮性のある皮がとれる。

肉も一応、インベントリに入れてあるけれど、これに関してはヤマダさんに食べられるかどうか聞いてから、判断をリリアに任せようと思う。

確かこの池に棲む生物は、どれも毒があると言っていたはず。

僕は……食用可能だとしても、あまり食べたいとは思わない。

目的の上級魔石はこれまでに五つ手に入り、青色ばかりだったから、一つでも『水』か『氷』があればと思う。

本日五匹目のカエルは、二発の電撃の後に、僕が手に持っていた魔銀（ミスリル）の剣で始末した。

『売り物にならないなら別のアイテムを考えなきゃなぁ……』なんて考えながら、振るったわけだ。

「貴様ら、こんな危険な場所で一体何をしているのだ？」

ちょうどその一匹を倒したところで、背後から六人組の冒険者が声をかけてきた。

慌てて倒したカエルをインベントリに入れたのだが、その場面を見られてしまったかもしれない。

先頭を歩く一人は、冒険者というより若い兵士のようにも見える。

フロイデルの街から近いとはいえ、毒池と呼ばれるこの場所には、滅多に人は来ないはずなのだが。

「なにやら轟音が鳴り響いていると聞いて、私が確認に来たのだが、もしかして君たちの仕業だったのか？　それに、街では見かけん顔のようだが……出はどこだ？」

冒険者らしくない一人の男は、そう僕たちに問いかけてくる。

しっかり顔を見られてしまい、今さら逃げたり誤魔化したりしても遅いだろう。

リリアもまた、上空にいるピヨちゃんを気にしながら、ちょっと困った表情をしている。

「まさか、こんなところでデートというわけでもあるまい。何をしていたのだ？」

「あ……え、と……」

僕は言葉に詰まってしまう。

こんな時にリリアを守る言葉の一つでも出ればカッコいいのだろうけど、今は何も思い浮かばなかった。

いっそのこと転移で逃げてしまおうかと考えていた時、向こうから再び声をかけてくれた。

「ん……そうか、まぁ言いづらいこともあるかもしれんな。私はフロイデルの街で冒険者ギルドの副長を任されている、バリエという」

ギルドといえば『村にある依頼所の大きいやつ』という認識だけれど、聞けば依頼や素材の買取だけでなく、大きい街同士の情報交換なんかも行っているらしい。

「このところ、フロイデルだけでなく、各地の街周辺の魔物に変化があるようでな。それでたまたまギルドに来ていた冒険者を連れて、様子を見に来たのだ」

バリエという青年は、若くして実力を買われて冒険者をまとめているそうだ。

街に何かあっては困るからと、異変を感じると直接確認に行くことも多いらしい。

だから、僕たちが何か知っているのなら協力して欲しいという旨を、物腰柔らかく説明してくれた。

僕とリリアは、この場所に迷い込んでしまったのだと答える。轟音の正体は、護身用に持っていた魔符だったということにした。

大きなカエルみたいな魔物なんて見ていないし、そこから上級魔石が入手できることだって知らない。そう、知らないのだ。

僕たちの説明が終わると、『なんだ、何もなかったじゃねぇか』とか、『だから言っただろ、異変だなんて大袈裟(おおげさ)すぎんだよ』なんて言って、五人の冒険者は引き返していった。

それでもバリエさんに詳しい話を聞きたいと言われて、僕とリリアはフロイデルの街へ……

◆　◆　◆

ギルド内の奥の一室で向かい合ってソファに座り、僕とリリアはバリエさんから質問を受けていた。

「出身は……やはり言えないか？」

「ごめんなさい、お父様に怒られてしまうので許していただけないでしょうか……」

設定はさらに複雑になり、僕たちはお忍びで家族旅行に来たのだが、ちょっと立ち寄った池で親とはぐれ、迷っていたということになっている。

さすがに無理があるとは思ったが、僕の持つ魔銀(ミスリル)の剣を見たバリエさんは、『こんな貴重な武器を持っている少年＝貴族か王族の子』だと勝手に勘違いしてくれて、意外にも追及されることはなかった。

「しかし、それほどの剣……」

バリエさんは、ゴクッと唾を呑み込み、視線を僕の手元に移す。

僕もバリエさんの腰にある剣を見てみたが、柄(つか)を見る限りでは村に売っている長剣と同じもののようだ。

「セン、ねぇちょっと……もしかしたら、この魔銀（ミスリル）の剣を買ってもらえるかもよ？」

リリアが僕に耳打ちする。

「そ、そうかもしれないけどさ……」

僕もリリアの方を向き、小声で返す。

「だって、すっごく見てるよ。今だってほら」

確かにバリエさんの視線は、会話をしている僕たちではなく、膝元にある魔銀（ミスリル）の剣に行っている。

今は鞘に収まっているけれど、最初に池で会ったときには抜身をガッツリと見られていた。

本当はインベントリにしまいたいのに、ずっと見られているのでそれもできないでいる。

「ほら、この人は偉い人みたいだし、お金もそこそこ持ってるわよ。きっと」

リリアにそう言われて、ちょっと不安ながらも、交渉してみようかという気持ちになってきた。

「あ、あのバリエさん！」

「ハッ!? な、なんだね少年？」

僕は魔銀（ミスリル）の剣を前に差し出し、なぜこの剣が気になるのか聞いてみた。

もしかしたら、そこから僕たちの出身なんかを調べられると思っているのかもしれない、と考えたからだ。

でも、僕から剣を受け取ったバリエさんは、やはりただ魔銀（ミスリル）の剣に興味があるだけだった。

「す、すまない。私も以前から魔銀（ミスリル）製の剣が欲しいと思っていたもので……それに、この剣は売ら

れているものよりも随分と輝きが……」

実は僕も、合成している時に気にはなっていた。剣同士を合成していくにつれ、輝きが増していったのだ。

『＋1』や『＋2』ではそれほど変化は感じられなかったが、それでも元々のものと並べれば違いに気づく。

『＋5』ともなると、比べるまでもなく輝きが違った。

「以前、村に来た行商人に売ってもらった品なんです。よかったら安くお譲りしますよ。僕、あまり剣は得意ではないので……」

「村？　この辺の村か……いや、余計な詮索はしないでおこう」

行商人の話は咄嗟に作ったものだけど、『村』と言ったのは失敗だったようだ。リリアも一瞬、僕を睨んできた。

しかしバリエさんは深く聞こうとはせず、『そんなことより……』と、剣の話に戻っていた。

「本当にこれを譲ってくれるのか？　しかし、これほどの逸品、いくら差し出せばいいのか皆目見当もつかん……」

そこでバリエさんはハッとして、『いやいや、そんなことよりもっ！』と、僕たちの心配をし始める。

親とはぐれたのではなかったのか、無事に自分たちの『村』に帰る手段はあるのか、護衛のための腕利きの冒険者を雇ってはどうか、と。

僕とリリアはどう見ても十代の少年少女なのだから、心配するのは当然かもしれないけれど、そんなの今さらだ。

バリエさんの言葉を聞いて、隣で様子を見ていたリリアが口を開く。

「ご心配ありがとうございます。そう思っていただけるのでしたら、ぜひ今日の昼食代のために、この剣を買い取ってくださいませんか？　実は路銀が尽きそうでして、もともと売却を検討していたのです」

「そ、そうなのか。だが剣を売らずとも、昼食代くらいなら私がもってやっても……」

「私たちにはお返しできるものがありませんから、そこまでしていただくわけにはいきません。これから家族とどうにか合流する必要がありますし、できれば手短に済ませていただけると……」

よく考えたら、もうお昼はとっくに過ぎていた。

アッシュたち三人には『お昼には戻ると思う』と言ってあったし、ピヨちゃんは多分池で待機しているだろう。

それを考えると、僕としてもさっさとこちらの用件を済ませて、村に戻りたいと思ってしまった。

5話

「いやしかし、この剣が盗品でないとも言い切れんし……」

さすがにバリエさんは躊躇（ちゅうちょ）している様子だった。

こちらとしては、買い叩かれなければいくらで売れても構わない。そんな僕の姿勢さえも怪しく思われたのだと思う。

そうしている間にも時間は刻々と過ぎていくので、隣のリリアがイライラし始めていた。

「もう帰ろうよ、セン。街の平和のためにもなるのに、剣の一本も買えない優柔不断なギルドのお偉いさんの相手なんて、私はもう嫌よ」

リリアは立ち上がって魔銀（ミスリル）の剣を持ち、バリエさんに聞こえるよう、わざと大きな声で言う。

剣一本で平和だなんて大袈裟に聞こえるかもしれないけれど、性能的には今バリエさんの身につけているものより格段に上なのだから、誇張でもなんでもない。

並みの剣じゃ硬くて刃の通らないワイルドボアでも、この魔銀（ミスリル）の剣ならスパスパと斬れるだろう。

「わ、わかったわかった！　お金を持ってくるから、ちょっとだけ待っててくれよ！」

さすがにこの機会を逃してはいけないと思ったのだろう。

そそくさと奥の小部屋に行って戻ってきたバリエさんの手には、小さな麻袋が握られていた。

「待たせてしまってすまなかった。魔銀の剣なら相場は金貨二枚といったところだが、私の目に狂いがなければ、この剣は極上品。ぜひとも譲っていただきたい。しかし、あいにく今用意できるのはこれだけなのだ。どうかこれで譲っていただくことはできないだろうか……」

「え？　魔銀の剣って、そんなに高く売れるんですか⁉」

金貨二枚と聞いて驚いてしまう。

だってインゴットなら、その二割程度の価値しかないはずだし。

僕としては、金貨二枚でも十分すぎる金額だ。

でも、バリエさんの口ぶりからすると、この麻袋の中にはそれ以上入っているのだろう。

バリエさんは、ここで値切って心証を悪くするくらいなら、最大限の誠意を見せて確実に剣を手に入れたいとさえ言っている。

もしかしたら倍……いや三倍くらいの金貨が入っているのではないか？

僕が恐る恐る、袋の中身を見させていただくと、そこには四枚の硬貨が入っていた。

手を入れて、金貨を一枚、二枚取り出す。

これが魔銀の剣としての相場。

確かに良い剣は重宝されるのだろうが、しかし……

ここまで価値があるとは知らずに、僕は魔銀の剣を何十本も合成しまくった。

「あれ？　これは銀貨……ではないみたいだけど、もしかして」

三枚目に取り出したのは、銀貨や金貨より一回り大きな硬貨。

「あ、すまない……両替商に頼めば、金貨十枚相当にはなるはずだが」

バリエさんは、僕が小首を傾げたのを見て、そう補足した。

うん、僕だってこれが何かは知っている。

ただ、普通は実物を目にすることなんてないから、ちょっと戸惑っただけだ。

四枚目も同様の貨幣、白金貨と呼ばれる硬貨が顔を出す。

「こ、こんなに貰えませんよっ！」

金貨ですら滅多に持つことがないのに、そのさらに上の硬貨を二枚も提示されている。

横にいたリリアには、『なんでセンが遠慮しちゃってるのよ』なんて怒られた。

だけど、相場の十倍以上の金額はどう考えても貰いすぎだ。

そうバリエさんに言うと、一つの小瓶を取り出して見せてくれた。

「これは……？」

「えっと、センといったか？　この小瓶は、以前ここに立ち寄った行商人から数本譲ってもらったものでな」

バリエさんがそう話し始めたところで、僕は小瓶と一緒に置かれた鑑定書を見て驚いていた。

いつも見ている文字だから、間違いようがない。

「ぼ……」

テセスの字で、しっかりと『中級ポーション』と書いてあり、うっかり『僕が作ったやつだ』と言いそうになった。すんでのところで踏みとどまったけれど。

『どうした？』と聞かれ、僕はすぐに首を振る。

すると、バリエさんは中級ポーションのことに話を戻した。

バリエさんが言うには、中級ポーションも低品質なら、数が少ないながら流通しているらしい。

価格は一本で銀貨三枚からで、大怪我が治るのなら、それでも安いくらいだと言っていた。

ちなみに、より回復効果の高い『並』の品質なら小金貨一枚はする。

中級ポーションに使う上薬草は、一枚で小銀貨三枚以上。それを三枚も使い、さらに他の素材も必要とする中級ポーションが、安いわけがない。

まぁそこまでは、僕だって話に聞いたことはある。

そしてバリエさんが行商人——デッセルさんのことだ——から購入した中級ポーションは、並品質と聞いていたのに実際は良品質だった、と。

それに気づいたのは、大怪我をして戻ってきた冒険者に使用した時で、効果があり過ぎたために個人的に鑑定に出したらしい。

「今、このポーションを多くの人が求めている。中には白金貨五枚を出すという者さえ……」

つまり、魔銀(ミスリル)の剣も品質が良いものは簡単に数倍の値がつくのだと言いたいらしい。

僕としては高値で売れてありがたいのだが、今はそれ以上に、自分の作ったポーションが役立っていることや、褒められたことが嬉しくて仕方なかった。

僕は腰につけた袋に手を入れ、まるでそこから取り出したかのような仕草で、インベントリから三本の小瓶を出して、テーブルに置く。

「これだけの高値をつけてくれたんだし、よかったらこれも使ってください」

「え、ちょっとセン？」

リリアが驚いて僕の腕をつかんできたが、少し考えてから何もなかったように手を元の位置に戻した。

「これは……？」

今取り出したのは、先日勢いで作りまくった『高品質の中級ポーション』だ。

「僕も以前、行商人から同じものを譲ってもらったことがありまして。また冒険者さんが大怪我をしたら困るでしょうし、ぜひその時に使ってもらえればと思います」

そう言って三本の小瓶をバリエさんの前に差し出すと、それを拒むようにバリエさんの手が出てきた。

「いやいやいや！　さっき話を聞いただろう？　これが本物だったら、白金貨五枚の価値があるんだぞ!?」

バリエさんは手元にある一本だけでも用途や扱いに困っているというのに、それが四本に増えては頭を抱えてしまうと言う。

「ですから、怪我をした冒険者に」

「そ、それは――……いや、ここで言い争って魔銀(ミスリル)の剣まで取り下げられては困る。センの言う通り、この薬は冒険者のために使わせてもらおう……」

これで、命を落としたり仕事ができなくなったりする人が減るなら、作った側としては非常に喜ばしい限りだ。

取引が終わり、別れ際に『僕たちのことは気にしないでくださいね』とは言ったものの、もう池で魔物狩りをするわけにはいくまい。

別の場所に上級魔石を落とす魔物がいればいいのだけど……

ギルドの裏口から出て、僕たちは人気(ひとけ)のない場所に移動した。

バリエさんたちに出会ってから、もう二時間以上は経過している。ピヨちゃんが気がかりだし、みんなも僕たちのことを心配しているかもしれないから、転移でなるべく早く戻ろうと思っていたのだ。

すると、歩き始めてすぐにリリアが笑いながら話しかけてくる。

「センってば、意外と腹黒いのね。あの副長さんの焦った顔を見てたら、私も少しスッキリしたわよ」

「え、と？　僕、何かしたっけ？」

腹黒いと言われるようなことをした覚えはないのだけど。

「だって、あそこで神のアイテムなんて出されたら、上からの追及が怖くて他人に言えないわよ」

リリア曰く、どこにも売ってなくて誰も作れないアイテムなのだから、もはや『神が作ったアイテム』と言っても過言じゃない、ということらしい。

で、ただでさえあの魔銀（ミスリル）の剣は目立つというのに、加えて中級ポーションが三つ。

多分バリエさんは鑑定に出すだろうから、そこで『高品質』だとわかるだろう。

それを周りに知られたら、バリエさんのもとにはさらに大勢の貴族が、いや王様が直々に呼び出しをかける可能性だって考えられる。

「『なぜその者たちの素性（すじょう）を明らかにせんのだ！』――なんて言われて、副長さん自身が困っちゃうのは目に見えてるじゃない」

今のは王様の声真似だったのだろうか？　ちょっと険（けわ）しい表情をわざわざ作ってさ。

僕も一度だけ王様に会ったけれど、普通のおじさんって印象だったけどなぁ。

「どっちにしても、池に行くのはやめたほうがいいわね。またあの人に出会ったら、今度こそ取り調べ程度じゃ済まないわよ。まぁ、会ったら会ったで、すぐに転移で逃げちゃうけどさ」

そう言うリリアは、ちょっぴり面白そうに笑っている。

「別に、そんなつもりでポーションをあげたんじゃないんだけどなぁ……」

手元には白金貨が二枚と金貨二枚。

白金貨は換金しないと使いづらいけれど、金貨二枚もあれば当分は不自由なく暮らせるのだから、あまり気にしないでおこう。

街の建物の陰に隠れ、僕たちは転移で池のほとりまでやってくる。

僕たちに気づいたピヨちゃんは、すぐに木陰から姿を現した。その傍らにはピヨちゃんが倒したと思しきカエルが数体、積み重なっている。

「私たちのために狩りを続けていてくれたの？　ありがと、偉いわね」

以前ヤマダさんに教えてもらったのだが、成長が止まったと思っていたピヨちゃんは、あくまでも『ベビードラゴン』として成長しきっただけで、まだ先があるらしい。

今でも翼を広げれば二メートル弱はあるし、巨大ガエルだって倒せるほど強い。

じゃあ、ピヨちゃんがさらに成長したら、どうなってしまうのか？

伝説にあるワイバーンや、それこそドラゴンと同等の力を持つのかもしれない。

ともかく、今回はピヨちゃんも四匹のカエルを倒していてくれたようなので、合わせて九個の上級魔石を手に入れることができた。

帰り支度をしながら、この魔石をどうしようか考えていたのだけど、リリアはピヨちゃんを前にして固まったまま、しばらく動かないでいたのだった。

「どうしたの？　リリア」

「あ……うん、スキルレベルが上がったみたいなの……」

6話

「えー!?　もしかして【合成】スキル？」

リリアは僕と一緒の『レベル4』だったはず。

ついに抜かれてしまったのか、もしくは【召喚】のレベルが上がったのか。

どちらにしても喜ばしいことだが、僕は『レベル5』なんて本当にあるのかと半信半疑だ。

村のみんなはもちろん、文献の記述や冒険者の話にだって、スキルレベル5の人なんて滅多に出てこない。

聞くことがあるとすれば、『この素晴らしいポーションは、おそらく宮廷に在わす、レベル5の薬師様の作であろう』というポーションの売り文句くらいだ。

実際のところ、店で売っている『良品質』程度の品には、だいたいそんな説明がついている。もちろん、あまり信用ならないのは言うまでもない。

「ううん、レベルが上がったのは【召喚】スキルのほうよ。多分、ピヨちゃんが頑張ってくれたから上がったんだと思う」

「良かったじゃん。これでピヨちゃんももっと強くなれるんじゃないの？」

「うーん……そうかもね」

リリアは話をしながら、何かを気にする様子でピヨちゃんとステータスを何度も見比べていた。

僕も気になって聞いてみる。

「何か変なことでもあったの？」

「あ、えっと……多分お星様になったからだと思うの。新しいスキルを覚えられるみたいなんだけど、他のスキルは覚えられないとか書いてあって、よくわからないのよ」

リリアの説明は多分正しいのだろうけれど、聞いている側としてはさっぱりだ。

お星様というのは、レベルが5になって上限に達したということだと思う。

それによって【召喚】から新しい【マスター召喚】というスキルが派生したんじゃないかと、リリアは説明した。

でも、【マスター召喚】を習得すると、他の【上位スキル】が習得できないらしく、今この場で選択を迫られているのだそうだ。

「んー……『いいえ』を選んでも後から習得できるのかしら？」

選択方式は『はい』『いいえ』の二択。こんなスキルの習得方法は聞いたことがなかった。

ともあれ、ただでさえ誰もが多くのスキルを欲しがっているのに、僕には『いいえ』の選択なんて考えられない。

「その上位スキルっていうのは確かに気になるけど、いつやってくるかわからない次のチャンスまで待つ必要はないんじゃないかな？」

最悪の場合、もうチャンスが来ない可能性だってある。

少なくとも僕は上位スキルのことなんて聞いたことがないし、知らない人がほとんどだろう。

ヤマダさん……なら、何か知っていそうだけど。

「そうよね。じゃあ『はい』『はい』でいいかしら？」

そう言って、リリアは『はい』を選択したらしい。

直後、啓示の儀式の時と同様の光が、リリアを包み込んだ。

「リリアはたくさんスキルを覚えられて羨ましいや。僕なんて、色々できるといっても一個だけしか持ってないんだもんなぁ」

これでリリアは、【合成】【怪技】【召喚】【マスター召喚】の四つのスキルを持っている。

【召喚】と【マスター召喚】は基本的には一緒なのかもしれないけれど、一応別のスキルという扱いで。

「あら、私は別にセンのためなら、いつだってスキルを使ってあげるわよ。も……元々センがいなきゃ、手に入らなかったわけだしさ。感謝してるのよ、これでも」

若干気恥ずかしそうに感謝の気持ちを述べられて、僕も悪い気はしないけれど、ちょっぴり照れてしまう。

僕たちは村に戻り、アッシュたち三人に無事を報告した。

日暮れまでにはまだ時間があるけれど、今からボス討伐に行くと遅くなりそうということで、この日は解散となった。

◆◆◆

翌日、五人でとね屋に集まって、僕は昼食をとりながら魔銀(ミスリル)の剣をバリエさんに売ったことを報告。

それが終わってから、リリアの新しいスキルについての考察が始まった。周りに人がいるので、もちろん小声でだ。

「召喚スキルの上位なら、普通にピヨちゃんの強化じゃねぇのか？」

運ばれてきた野菜炒めやスープなどの料理を口にしながら、コルンはそう言った。

上位スキルの発生自体は、実はアッシュやコルンのような『固有スキル』持ちには、時々あることだそうだ。

ただ、リリアのように選択するのではなく、知らないうちに新しいスキルを覚えているのだとか。

それは派生元と似たようなスキルで、より多くの魔力を消費する代わりに、効果も高いという。

たとえば、コルンは武器に炎属性を纏わせて威力を高めるという固有スキルを持っているが、その上位スキルとなれば、一撃の威力が高まるのだろうとのこと。

固有スキルの上位版は、スキルを何度も何度も使用しているうちに覚えられるらしく、チャンスがあれば積極的にスキルを使用したほうがいいとさえ言われる。

そんな話をして、コルンはなぜか若干誇らしげにした。

「確か今は『ベビードラゴン』だったっけ？　成長するともっと大きくなるのかなぁ？」

もしピヨちゃんの強化だとしたら、ピヨちゃんが今以上に大きくなりそうだ。

リリアはそれが心配なようで、『それだと困っちゃうよね……』なんて言う。

まぁ、あまり大きくなると『空飛ぶ爬虫類(はちゅうるい)』と誤魔化すのは無理があるだろう。

いや、もしかしたら村の人たちは今でもピヨちゃんの正体を知っていて、ただ黙ってくれているだけなのかもしれないが。

「心配しなくても、それ以上大きくはならないよ」

そう言って現れたのは、やはりこの人。

「いらっしゃいマオーさん！」

「おばちゃん、いつもの炒め物ちょーだい」

この時間のとね屋は多くの人で賑わっていて、冒険者や村の人など様々な客がいる。

だからといって、魔族の王が僕たちの村にいて当然といわんばかりに馴染んでいるのは、どうにも違和感を覚えてしまう。

「いつもここで食べてるのか？」

アッシュがヤマダさんに尋ねると、ヤマダさんは僕たちと同じテーブルについて『最近は毎日こっちで食べてるな』なんて返す。

僕たちもとね屋の料理は美味しいと思うが、ヤマダさんにとってはどこか懐かしい味がするそうだ。

「ねぇ、さっきピヨちゃんはこれ以上大きくならないって言ったけど、なんでわかるのよ？」

リリアが質問をする。

ヤマダさんが【召喚】のスキルを使うのは見たことがないけど、実は部下か魔族の誰かが同じスキルを持っているのかもしれない。

「なんでって、それ以上デカくなったらダンジョンに入れないじゃん。俺としては【マスター召喚】よりも【マスター合成】を選んで欲しかったが、まぁそれはセンに任せればいいしな」

スキルはあくまでも世界樹の力であり、召喚できるものは魔物と戦えるようにサイズも決まっている。

【召喚】スキルが『レベル5』になり『進化』が解禁されたので、近いうちにピヨちゃんはもっと強くなるだろう、とヤマダさんは言った。

そして【合成】スキルにも上位スキルが存在し、特殊なアイテム作りには、その上位スキルが必須らしい。

「私の【鑑定】スキルに上位スキルはあるのですか？」

アッシュとコルンだけでなく、僕とリリアのスキルにも上位スキルがあって、テセスも自身のことが気になったようだ。

「んー……残念だけど、鑑定は鑑定だからなぁ。別のスキルを習得することはできるけど、弱った世界樹の力ではどれだけマトモに使えるかわからんし……おっ、来た来た！」

相変わらず変な格好をしたヤマダさんの前に、ワイルドボアの薄切りと村の野菜を使った炒め物が出される。

そこに、魔族領から自分のためだけに持ってきたという『ごはんとみそしる』も出され、それを美味しそうに食べ始めた。

「まぁ、慌ててスキルを取らなくたって、別に今のところ苦戦はしてないだろ。ユグドラシルも待ってるみたいだし、早くレベルを上げて会いに行ってやれよな」

ユグドラシルとは、世界樹のことだ。

パクパクと箸を進めるヤマダさんを見ていると、僕もお肉が食べたくなる。

そこでふと、池で狩ったカエルを思い出して聞いてみた。

「あのヤマダさん、昨日狩ったカエルの……」

「あれはベネフローって魔物で、毒ありだから食用にはならんぞ。慣れない手つきで剥ぎ取ってた強麻痺薬と皮は使えるが、それだけだな」

僕たちの行動まで知っているなんて、心を読むだけじゃなくて実際に見ていたんじゃないかと思ってしまう。

「いつも私たちのこと見てるの……？」

リリアもそれが気になったらしいが、『そこまで暇じゃない』と返されてしまった。

納得できないというリリアの視線がヤマダさんに突き刺さるが、本人は何も気にしていないようだった。

多分、何かしらの方法で見ているのだろう。

じゃないと、『いざという時には助ける』なんて不可能だと思うし。

だが、その疑問は直後にアッサリと解消されることになった。

「魔王様！　西の方角より勇者が兵を連れて接近しております！　今ここで遭遇してしまっては、村に危険が及んでしまうかと！」

突然、一人のフードを被った少女が僕たちのテーブルにやってきて、ヤマダさんにそう報告した。

少女といってもハッキリと顔が見えたわけではなく、高く透き通った声と、その低い身長から推察しただけだ。

リリアの着ている黒のローブよりも、さらに身を隠している全身漆黒の見るからに怪しい装い。

それでも、とね屋の女将さんは『あら、ミーちゃんもいたのかい』なんて声をかけていた。

ヤマダさん、僕たちには内緒で魔法の得意な魔族の一人を、護衛と見張りとして付けていたそうだ……

「じゃあなセン、リリアちゃんも新スキルおめでとう。どんなスキルなのかと心配していたみたいだが、すぐにわかるさ。行くぞミア！」

「は、はいっ！」

勇者と鉢合わせして村に迷惑をかけないように、今日は出ていくとのこと。

ミアと呼ばれた少女は、フードからわずかに褐色(かっしょく)の肌を見せながら、ヤマダさんの後をついていく。

そして数刻後には、少女の言った通り、馬に乗った男が三人の兵とともに村へやってきたのだった。

7話

村に国の兵が来ることは、ままある。

年に一度の啓示の儀式で使う魔力回復ポーションを持ってくる時。

あとは年に二回、春と秋の比較的過ごしやすい季節に税の徴収のためにやってくる。

それ以外であれば、村の農作物が不作で生活が窮(きゅう)している時や、テセスが聖女と呼ばれた時も迎えに来ていたっけ。

一応このエメル村も、王都に住んでいる貴族様が治めているそうなのだけど、その人のことは全く見たことがないし、僕たちには直接的にはあまり関係のない話だ。

まぁとにかく、基本的には夏も終わったばかりの今の季節に兵が来る理由はない。

「この村で一番の鍛冶職人は誰であるか？」

村の人々を教会の前に集めると、やってきた三人の兵のうちの一人が村長に尋ねた。

「か、かじとは武器を作るほうでよろしかったでしょうか？」

「そうだ、誰も料理や掃除など求めておらん。ま、せっかくだから後で美味しい飯屋も教えてもらおうか」

「はぁ……ですが、エメル村では腕の良い職人は、ほとんど王都に行ってしまっています」

村長の言うように、品質の良いアイテムを作れる人は、人口が多く需要の高い王都で働く場合がほとんどだ。

一人、二人は村のために残ったりするけれど、今この村で鍛冶ができる人なんて武器屋の親父さんくらいだろう。

それを聞いた兵たちは、村人を解散させ、村長を連れて武器屋に向かったようだった。

一人の兵がこちらを見てニヤニヤとしているのも、どこか不安になってくる。

「何だったんだ？　一体」

「さぁなぁ……？」

「鍛冶師を探すなんて、近いうちに戦争でもおっぱじめようってのかねぇ？」

わざわざ集められた村人たちは、好き勝手喋りながら、仕事に戻っていく。

僕たちは予定通り、五人でボス討伐に向かうことにした。

「もしかしてギルドの副長に渡した剣のことが、知られてるんじゃないのか？」

グレイトウルフの出るダンジョンの前で、アッシュが僕にそう聞いたが、僕もリリアもそんなハズはないと思っている。

「え、だってまだ一日くらいしか経ってないよ？　いくら何でも、そんなに早く国に報告が行くわけないんじゃない？　それに、馬を走らせたって王都からここまで半日はかかるし」

僕の『村』という発言を手がかりに探しに来たとしても、国内にある村はエメル村だけではないし、ここに真っ先にやってきたとは考えにくい。

だから、『鍛冶職人』と聞いた時にビクッとはしたものの、ありえないと思って平然としていた。

アッシュは僕の答えを聞いて『まぁ、そうだよな……』と一応は納得してくれたらしい。

考えても仕方ないので、とりあえずはダンジョンの奥を目指すことにした。

今回は弓の練習のために、ダンジョン内の魔物はコルンが一匹ずつ倒している。

今までの練習では動きの鈍(のろ)いノーズホッグが標的だったが、これから戦うのは前回苦戦したグレイトウルフ。

あの素早い動きにも対応できるくらいでなければ、弓の価値は半減してしまうだろう。

だがそんな心配をよそに、コルンの放つ矢はメイスファングだけでなく、小さくて動きの素早いコウモリまで、確実に射抜いていたのだった。

「よっしゃ、行くぜ！　赫灼一閃（ミスティルテイン）！」

コルンの必殺技とも言うべきスキル――それは武器種にかかわらず高威力の炎属性攻撃を放つ一撃。

弓が赤く光り放たれた一発の炎の矢は、メイスファング二体をまとめて貫（つらぬ）き仕留めたのだった。

「俺の剣よりも随分と強いんじゃないか？」

「そ、それはほら、宝箱から出てきた武器だしさ。いろんな武器があるんだったら、みんなで剣を持つより、違う武器を使ったほうが戦術の幅が広がるじゃん」

別に、コルンが弓を持つことを誰も悪いとは言っていない。それでもこんな発言が出てくるのは、アッシュに気を遣っているからなのだろう。

あれからアッシュに剣の強化を頼まれて、今は『魔銀（ミスリル）の長剣＋5』になっている。これだって、かなり強いから弓に負けていないとは思うが、なんとなく悔しい気もしなくはない。

まぁ、コルンは近接戦闘のために、僕の作ったレーヴァテインも腰に下げているから、いざという時はそっちを使うだろう。

前回のグレイトウルフ戦の後にヤマダさんから注意点をいくつか聞いて、僕たちは装備を強化している。

『足元と手につけるものにも気を配れ』と言われたので、邪魔にならない程度の装備品を用意したのだ。

テセスとリリアは、白と黒のレースの手袋。装備強化というより、日焼けを気にして着けているようにしか見えないけど、服装に合っていて可愛らしさがすごく増した気がする。

王都に並んでいたものを参考にリリアが作ったものらしく、『レースの手袋＋3』だそうだ。

理屈はともかく、これで魔法の効果が高まったり、魔法が当たりやすくなったりするらしい。

アッシュの手には『ガントレット＋5』がつけられていて、防御と器用さを上昇させる効果がある。

こちらはテセスに買い物をお願いして、同じ鉄のガントレットを三十個ほど集めてもらい、僕が作ったもの。

『元・聖女ですので』と言えば、大量購入もインベントリの使用も、転移だって、『さすが聖女様だ！』で済まされたというのだから驚いた。

多分、店員だって色々とツッコミたいことがあったけど、聞けなかっただけなんだと思う。

おかげで材料は集まりやすいが、それこそやり過ぎると『エメル村はいったいどうしたのか？』と国に目をつけられそうで、そこは若干心配だ。

そして僕とコルンには『革のグローブ＋5』を用意した。

ノーズホッグ相手に弓の練習をしていたから、大量の皮はすぐに集まった。カエルの皮から試しに作ったものもあるけど、ブヨブヨしていて、ちょっとつけるのに抵抗が……

ヤマダさんは『靴の性能で防御力も動きやすさも変わる』と言っていたけれど、鉄や魔銀(ミスリル)などの金属製の靴を履いて『動きが良くなる』だなんて、とてもじゃないが信じられなかった。

僕が渋っていたら、ヤマダさんは『じゃあアンクレットでもいいから絶対につけておけ』とのこと。

『どうして最初に教えてくれないのよ？』とリリアが聞くと、『俺は裏ボスまで全クリした後にしか、攻略方法は調べない派だからな』なんて意味不明なことを言われてしまった。

『じゃないと楽しくない』と言われるけれど、生死を分かつ戦いで『楽しい』なんて思えるヤマダさんのほうが変わっていると思う。

ともあれ、今回は入念に準備してきたのだから、前よりも余裕を持ってグレイトウルフを倒すことができるに違いない。

「グオオオオッ!!」

細い洞窟内を進み、扉を開けた先にいる巨大な狼。

二度目ではあるが、前回のギリギリの勝利を思い出すと身が震えて仕方ない。

「ほ、本当に大丈夫なのかしら？」

杖を構えたリリアは、不安そうに小さな声で呟く。

「だ……だ、大丈夫だよ！　中級ポーションなら前の五倍は持ってきたし！」

万が一、装備で何も変わってなくても、長期戦に持ち込めば倒すことはできる。

前回と同じ戦い方をすれば……きっと。

「コルン！　俺が前に出る！」

「わかったよアッシュさん！　やばかったら交代するから！」

剣を握りしめ、アッシュが一人で前に出ると、コルンは弓を構えて狙い撃つ。

僕とリリアが魔法を放つ少し前で、コルンが弓を引くのだ。

弦（つる）を引いて放せば、ほぼ自動で矢が飛んでいく。

僕たちが一発の魔法を放つ間に、ゆうに五発は撃っただろう。

しかも、コルンの弓はあの素早い動きのグレイトウルフ相手に、確実にダメージを与え続けていたのだ。

もちろん僕たちも負けじと魔法を放つが、前回よりも戦いに貢献できている、という実感はあまりない。

それほど、アッシュとコルンの動きが変わった影響は大きく、格段に戦いが有利になっていた。

アッシュがグレイトウルフの攻撃を避け、あるいは防ぎ、そしてカウンターで斬る。

コルンはひたすら、狙いを定めて矢を射っていた。

すると、あるタイミングでグレイトウルフの動きに変化が現れた。

きっと蓄積ダメージが一定値を超えて、雷の技を使ってくるようになったのだろう。

そこにアッシュとコルンの二人が、剣と弓の強力なスキルを使い、戦いは終了。

終盤、僕とリリアは見ているだけだった。

今回の戦いで、グレイトウルフの動きが速いのではなく、僕たちの動きが遅すぎたのだと、ようやく気づかされた。

それにしても、装備が違うだけでこの変わりよう。世界樹の力というのは僕たちの想像を遥かに超えたものだと、再認識しなくてはいけないらしい……

◆◆◆

ちょうど夕食のタイミングで村に戻った僕たちは、とね屋で再びヤマダさんに出会う。

今回は、昼間見た黒いフードを被った少女も一緒だ。

「よっ、戻ったみたいだな。なんか面白いアイテムは出てきたか？」

もしフードの少女が僕たちを見ていたのなら、宝箱から出てきた小瓶のことも知っているはずなのだが？

「あら、村就きの御一行様もいらっしゃったんだね。マオーさんたちと一緒の席でいいかい？　料理ならすぐに出すから待っててておくれよ」

女将さん、すごく打ち解けている……

フードの少女はともかく、ヤマダさんの不思議な格好も周りの人は誰も気にしていない。

普段村で見かけない二人なのに、しょっちゅうここで食事していることに疑問を抱かないのか？

『悪い人じゃないだろう』程度で済まされているのかもしれないけど、勇者と出くわすと村に迷惑がかかるとか言ってたしな。なんだか不安だ。

「考えすぎるなよ、セン。俺はここの飯が気に入ったから食いに来てる。マジでそれだけだからな。まぁ、ゲームオーバーになられちゃ本気で洒落(しゃれ)にならないから、たまにはお前たちにアドバイスしてやらないと、っつーのもあるけど」

ゲーム……なに？　遊びってこと？

でも、確かにアドバイスは必要だし、なんとなくヤマダさんは僕たちに死なれては困るのだというのは想像できた。

一緒の席について、運ばれてきた料理を取り分けて食べる。

そこで気になって、『今日は監視していなかったの？』と聞いてみた。

「……」

ミアと呼ばれていたフードの少女は、僕の質問に対して沈黙する。

「えっと……」

一瞬重い空気が流れ困ってしまい、チラッとヤマダさんのほうを見る。

「あぁ、お前たちに負ける要素はないんだから、必要ないだろうと思ってな」

宝箱から入手した小瓶のことを知らなかったのは、そういう理由だったのか。

ちなみに、テセスに小瓶を鑑定してもらったのだが、ちょっとばかり信じられない内容だった。

「ヤマダさん……は、リバイヴポーションって知ってる？」

グレイトウルフを倒した際に入手したアイテム、『リバイヴポーション』。

鑑定結果でわかった効果は、『戦闘不能から復活できる』なのだけど、僕たちにはピンと来ない。

「そのまんまだよ、死んでも生き返れるって意味だ。まぁ、魂まで消えちまったら復活は無理だから、なるべく早く使う必要があるがな」

そして『試してみるか？』なんて言いながら、ヤマダさんはインベントリから同じ小瓶を取り出す。

「バカじゃないの？　そんな怖いアイテム、信用できるわけないじゃないの」

「私もちょっと……私自身の鑑定スキルの結果ですから、もちろん信用したいですけど、生き返るなんて神様か何かの力なのですか？」

リリアの反応はもっともだ。『生き返れるから死んでみるか？』と言われて、じゃあ死んでみようという人はいないと思う。

テセスは……まぁ鑑定結果で出ているわけだから、ヤマダさんの言っていることが嘘じゃないと信じたいのだろう。

僕たちが実験を渋っていると、ヤマダさんは『ミア、代わりに死んでやってくれるか？』とか言い出し、それに対して『別にいいけど……』なんて聞こえてくるから、もっと怖い。

……もちろん、止めた。

目の前で誰かが死ぬなんて、想像したくもない。

僕があまりに必死だったからか、ヤマダさんもミアという少女もそれ以上は見せようとはしてこなかった。

万が一、誰かの意識がなくなって、気絶どころではないと感じたら……その時は、このアイテムを思い出すことにしよう……

8話

結局、ヤマダさんたちのいう『勇者』さんは、この村で期待していたものを得られなかったらしい。

どうも、腕の良い職人がどこかの村に住んでいると聞きつけて、各地を『転移の魔法』で回っているそうなのだ。

「まぁ、おそらくセンの売った剣のせいで間違いないだろうな」

ヤマダさんが言うのだから、きっとそうなのだと思う。

幸い、剣を作っていたことは村の誰にも言っていなかったし、もちろん売ったのもバリエさんが最初の相手。

他の村では、武器屋の品揃えを見た瞬間に引き返していたそうなのだが、エメル村にはリリアの作った四大属性のルースが数多く並べられている。

売却した量は、並んでいるものの十倍くらいだろうか？

店の資金に余裕が生まれて、買い取った中からいくつかを店頭に並べていたのだろう。

『なんでこんな辺鄙な村に、強力な魔法媒体が多く陳列されているのだ!?』

兵士の一人がそう言っていたらしい。

「まるで見ていたような言い方だけど……」

しばらく聞いていたが、ヤマダさんの話は具体的すぎる。だから、僕は疑問を口にしてみた。

「見てたに決まってるだろ。曲がりなりにも相手は勇者だからな。動向は部下に逐一報告させている」

他にも、『こ、これは炎の魔法媒体!!　しかも、他の魔文字が混ざらない純結晶だと!?』なんて兵士が驚いていたことを、ヤマダさんはニヤニヤしながら説明してくれた。

勝手な思い込みだが、魔石は二個以上でないと魔法媒体にはならない。

だから、必要な魔文字とともに余計な魔文字が含まれていることが一般的。

一つの魔文字しかないというのは、たまたま魔文字がダブった時にしかあり得ない、というのが世間の認識だ。

だというのに、そんな『たまたまダブった』ものばかりがいくつも店頭に並んでいるものだから、兵士は製造方法を親父さんに詰め寄って聞いていたのだとか。

「作り方なんて教えたことあったっけ？」

リリアに聞いてみたが、もちろん首を振って否定する。

僕たちとしては、普通に魔法媒体を作る要領で【合成】スキルを使っているだけだから、人に教えられるようなことは何もしていない。

あえて言うなら、『売りに出すために品質を落とす努力をした』ということくらいだ。

当然、武器屋の親父さんは何も知らないのだが、勇者様御一行は素直に引き下がろうとはしない。何か秘密があるはずだと村中を探っていて、なかなか次の村へ行こうとしなかった。

ヤマダさんの話が一区切りついたちょうどその時、他のテーブルから、勇者の話が聞こえてきた。

エメル村近隣の村の情報も、少しは入ってきているようだ。

「聞いたか？　東にあるイズミ村の鍛冶職人が、王都に連れていかれたらしいぜ？」

「あぁ、流れの冒険者が言ってたやつだろ。せっかく良い武具が手に入るからって東に行ったのに、すぐに乗合い馬車で引き返してきたらしいな」

「なんでも、兵が暴れまわって村を半壊させたらしいじゃねぇか」

「力ずくかよ……嫌んなっちまうぜ……」

そんな話が聞こえてきて、一歩間違えばエメル村もそうなっていたのかと思い、少し怖かった。

ただ、ヤマダさんによれば村を半壊というのは言い過ぎで、実際には王都行きを断った鍛冶職人の工房を潰しただけらしい。

ヤマダさんは部下に指示して勇者の動向をチェックしているから、僕たちは正確な情報を聞くことができる。

ただ、工房をつぶしただけでもちょっと酷いんじゃないか？

「お前たちの作ったアイテムを色々と徴収されて、武器屋も雑貨屋も嘆（なげ）いていたぞ」

僕がデッセルさんに売ったアイテムを買い取り、店に並べていた雑貨屋から、中級ポーションや魔符をいくつか持っていったという。

なぜか、勇者というだけで支払いは不要なのだとか。

「まったく、笑っちまうぜ。『半分は残してやろう、勇者様のご慈悲（じひ）に感謝するのだな』って、どこに慈悲があるんだよ？　やってることは盗賊と何も変わりゃしねえ。壺を割ったり、家に侵入してタンスを漁ったり。昔の勇者といえば、せいぜいそんな可愛らしいことしかしなかったんだ」

ヤマダさんは笑いながら言う。

「いやいや、人ん家（ち）のタンス漁らないでよ！」

リリアがツッコミを入れると、ミアという少女はヤマダさんの隣でクスクスと笑っている。

それにしても、僕たちの作ったアイテムで他人に迷惑をかけてしまうなんて思いもよらなかった。

いや、全く考えていなかったわけではないけれど、どちらかといえば嬉しい悲鳴を想像していたものだから。

「あとで、奪われちゃったアイテム分くらいは持ってってあげたほうがいいかなぁ？」

「そうよね、親父さんたちは何も悪いことしてないんだし。なんだか私たちが原因みたいだから……」

僕とリリアは、あとでルースやポーションを渡しに行くことにした。

売却用の低品質は、あまり狙って作れるものではないけど、まぁ……なんとかしよう。

「今さらだが、その子は魔王さんの子供なのか？　見た感じ、十になったくらいのようだが……」

アッシュが、ヤマダさんとともに座っている少女を見て問いかける。

身長は教会に来る子供たちの年中組くらいなので、僕も十歳程度だろうと感じていた。

それを聞いて、ヤマダさんは隣に座るミアを指さす。

「こいつか？　歳ならお前たちより百以上むぐっ……」

ミアは手のひらを重ね合わせて、ヤマダさんの口に押しつけた。

「……れでぃーの歳はバラしちゃダメ……」

小さな声でダメ出しをするミアに、呆れ顔で『わかったわかった』と言いながら手をパタパタさせるヤマダさん。

うん、聞き間違いじゃなければ、この少女は百歳以上。

容姿からはそう見えないけれど、魔族っていうのはすごく長生きなのかもしれないな。

「違うぞセン。俺は特別だが、魔族の中でも長命なのはエルフと竜人（ドラゴニュート）くらいだ。まぁ、こいつの場合はその両方の混血だがな」

　また僕の意識を読み取ったのか、ヤマダさんは色々と説明してくれる。

　僕たち人間（ひと）の世界だと、人族（ヒューマン）と呼ばれる種族以外は全て魔族と呼んでいるらしい。

　僕たちの住む大陸には今、基本的に人族（ヒューマン）しか存在しない。

　それ以外の種族は大昔に迫害され、土地を追われたらしい。

　ざっくり言うと、世界では人族とそれ以外で分かれて暮らしている、ということだ。

　ちなみにヤマダさんは人族だけどなぜか長命。隣にいるミアは混血で、ダークエルフと呼ばれる種族らしい。

　ちなみに歳は百……

「私の話は別にどうでもいいじゃない……」

　ミアが怒った様子で呟いたものだから、種族の話はそこでやめにした。

　ともかく、ミアも魔王の側近として働く優秀な魔族なのだそうだ。

　ミア以外にも部下はいるが、『むさ苦しいのとは別行動』とのこと。

「でも、聞くほどに勇者ってのは、やっぱり悪い奴みたいだな」

　コルンはため息を大きく一つ。

魔族領では無関係の民を襲ったり、魔王を倒すべく動いたりしている。

エメル村でも好き勝手やっていたみたいだから、特にコルンはそのことが許せなくてどうにかしたいと思ったのだろう。

いつも村のために、アッシュとともに依頼を受けているのだから、僕たちの中では最も怒っているのかもしれない。

だけど、ヤマダさんは勇者を責めようとはしなかった。

『勇者(アレ)は間違った命令を受けているだけだ』と言い、本当の勇者の目的は忘れ去ってしまっているという。

僕たちにはさっぱりだが、『じきにわかる』のだそうだ。

「そうだな……勇者対策か。んーっと、これ……がいいな」

少し迷いつつ、ヤマダさんはインベントリから拳大(こぶしだい)ほどの塊(かたまり)を取り出した。

大きな木の実にも見えるが、金色に輝いていて食用とは思えない。

「これは世界樹の種だ。もちろんこれを植えたからって、世界樹がポンポンと生えてくるわけじゃない」

勇者対策と聞いて、コルンは若干身を乗り出している。

アッシュはあまり乗り気ではない様子だが、止めるほどではないみたい。

テセスは『世界樹』と聞いて興味津々で、リリアはヤマダさんのことは嫌いでも、言うことやることには滅多に反対しないから、とりあえず成り行きを見守ることにしたようだ。

僕も、ひとまず従っておけば村が良くなる気がした。

「勇者って、一体何のために存在しているか知っているか？」

ヤマダさんからの唐突な質問に、僕たちは首を傾げてしまう。

そもそも勇者という存在を知ったのは、最近のことだ。

存在理由など、知る由もない。

「あー……そうだったな」

僕たちの考えを察したのか、それとも心を読んだのか。

ヤマダさんは『とにかく、心配しなくても大丈夫だ』と言ってくれた。

色は違うけれど、銀色に光る世界樹の種もあるらしく、『こっちは村の近くにでも植えてみるといい』なんて言って、三つ渡された。

一つ終わったら次の一つ、というように、何年もかけて使うらしい。

しかし、勇者の対策って、一体何をするつもりなのだろう？

勇者は何のために存在しているのか？

以前、魔族領に攻め入っているという話は聞いた。だとすれば、魔族は勇者にとって敵だという認識？

その対策ということは、もしかするとヤマダさんはとんでもないことを考えているのでは……

実はこの世界樹の種一つで王都を壊滅させる力があって、王都に使うついでに……あるいは口封じにエメル村を？

もしくは、世界樹の種を目印に魔族を呼び寄せる秘術でも用いて、勇者の注意をそちらに……

ヤマダさんをチラリと見る。

『ナイナイ……』といった風に、手と首をパタパタと振っていた。

そこまで想像されていても、ヤマダさんは怒らない。

多分、僕たちにも『そんなわけないよな』という気持ちがあるからだろう。

そういえば、怒ったヤマダさんってどんな感じなのだろうか？

あまり感情を出している姿を見たことはないが、長く生きていると、些細(ささい)なことでは怒ったり泣いたりすることもなくなってしまうのかもしれない。

そんなことを考えていると、ヤマダさんは唐突に宣言した。

「俺は今から、王都の近くで魔物を大量に呼び寄せる」

あれ？　僕の予想が当たっていた？

そんなことないんじゃなかったのか？

実は温厚そうに見えて、ヤマダさんも内心ブチ切れてハラワタ煮えくり返っているとか……いや、そんなわけないよね？

僕の、いや僕たちの心配をよそに、ヤマダさんとミアは食事を終えて立ち去ってしまった。

手元に残された三つの銀色の世界樹の種。

埋めたら魔物の大量がやってくるのか？

いや、ヤマダさんが持っていった種とは色が違うから、また別の効果があるのかもしれない……

不安しかなかったため、みんなで話し合った結果、総意で『これは保管しておこう』ということになった。

とりあえず、ヤマダさんから手渡されてしまった僕のインベントリの中へ……

＊　＊　＊

勇者として選ばれた僕は、学院では確かに優秀な成績だったと自分でも思う。

とはいえ、トップだったわけでもなく、敬（うやま）われるような立場でもない。

成績上位には、子爵家の次男や商業ギルドの令嬢なんかもいたのだし。

それがどういうわけか、十五歳の啓示の儀式の日、僕だけが城に呼び出されてしまったのだ。

「ここで待っていたまえ」

一人の兵士に案内され、僕は小さな部屋の中で椅子に座らされた。

兵士は隣接された地下への階段を下りていき、しばらくして戻ってくる。

「こちらへ……」

今頃学院のみんなはスキルを授かっているのだろう。

もしかすると僕はスキルが貰えないのかもしれない。儀式が行えないのだから……

そして初めて知った。王城の地下にも啓示の儀式を行う水晶があるということを。

なぜ僕だけがここに連れてこられたのか。

説明されることはなく、目の前には神官の男性が白い装いで立っていて、僕のために水晶に魔力を込めてくれている。

「さぁ、水晶に触れるがいい」

その言葉に従って、得られたスキルは【剣士】というもの。

普通は【鍛冶師の心得】や【植物の知識】といったスキル名だが、僕が授かったのは心得でも知識でもない、ただの【剣士】。それが剣士に必要なスキルを全て兼ね備えたものなのだと理解するのに、そう時間はかからなかった。

いや、これはスキルではないのかもしれない。

なぜなら、【剣士】というスキルを得た直後に、【アイテムの知識】【剣術の心得】【盾術の心得】【DEX上昇】【AGI上昇】【売買の知識】が追加されたからだ。

これなら、剣士という職業と言ったほうが正しいのかもしれない。

ステータスを表示できるようになり、色々な数字が現れるが、僕にはさっぱり理解できない。

しかも、近くにいた兵に確認したところ、誰もステータスなんてものは見たことがないのだという。

不思議に思いつつ、さらに確認を続けると、『持ち物』の中にはポーションが五つ。

僕の知っているポーションとは違う効果が書いてあるけれど、同じように使えるのだろうか？

疲れていたし、一本くらい飲みたいなと思っていたら、突然手のひらにポーションが現れた。

残りは四本。

もしかしてと思い、手のひらのポーションを持ち物の中に戻そうと念じてみると、ちゃんと五本になっている。

それから数日、ステータスの見方やインベントリの扱い方を独学で学んだ。

そして王様から『そなたは勇者である』なんて言われて、鉄の装備品を一式渡されてしまった。

勇者なんて聞いたことがないが、どうやら強い敵と戦う必要があって、僕にはその力があるそうだ。

なんとなく僕が呼ばれた理由がわかったような気がした。

きっと……危険だから、どうでもいい僕に押しつけたんじゃないだろうか？

それでも、父は喜んでくれた。

僕への支度金とは別に、父のもとにも結構な金銭が渡されたそうだ。

支度金で他に欲しい装備品を買うように言われ、お店を回るのだけど、どれを見ても数字が表示されてしまう。攻撃力、防御力……アイテムは使い方や効果までわかった。

見たこともないアイテムが多いのに、これもスキルのおかげなのだろうか？

その後しばらくは、城で剣と魔法の訓練をさせられた。

ある時、『強くなる秘術』とかいう情報が入ったとのことで、僕は多くの兵とともにサラマンドル湿地帯へと赴いた。

毎晩十時頃、サラマンダーという魔物が姿を現す。それを倒し続けると、確かに力が溢れてくるような感覚があった。

それからさらに日が経ったある日、転移石という綺麗な宝石を渡された。

転移石のついたアクセサリーを持つ聖女は、いずれ同じものを国に渡すと約束していたが、今のところ音沙汰なし。だが、遠くの村に住む娘がバザーで見つけてきて、献上しに来たそうだ。

そんな話を兵たちがしているのを聞いたことがある。

僕は兵に連れられて、どこか遠くへと転移するらしい。

一度でも行ったことのある場所ならば、一瞬で再訪できるようになるのだから、すごいアイテムだ。

だが……

転移した先にいたのは、狼男に怪鳥女に長耳男性……

「ひっ!!　ま、魔物!?」

僕は堪らず剣を抜き、その勢いのまま狼男を刺してしまった。

隣にいた二人の兵も、目の前の魔物を次々に斬っていく。

人間に近い容姿をしているため、命を奪うのに抵抗があり、非常に気分が悪い。

それに、魔物たちも僕たちを怖れて逃げまどっているように見える。

余計に、不快感が募った……

◆◆◆

僕は、城の中庭に帰ってきた。

あれは、本当に魔物だったのだろうか?

じゃあ人間だったかといえば、それは違うと言い切れる。

だったらやはり討伐すべきなのだろうか……

考えれば考えるほどに、気分が悪くなる。

どう見てもアレは一つの集落だった。

実は普通の生活を送っていたただの人を殺してしまったのではないのか?

そう考えた時、急に胸の奥底から何かがこみあげてきて耐えきれず、僕はその場で三度吐いた。

集落の奥から武器を構えたやつらが出てきたため、『一時撤退』と言われて帰ってはきたが……

「うっ、はぁ……本当に勇者って一体なんなんだよっ……」

後悔と恐怖に襲われて身震いし、身体は出ない胃液をまだ出そうとしている。

結局のところ、十五歳の僕に耐えられるような役割ではなかったのだろう……

普通の魔物を倒すことでさえ、未だに抵抗はあるのだから。

転移石は僕が持つことになり、今後はその魔族領を壊滅するように申し付けられた。

期間は設けられておらず、時折報告をする程度らしい。

必要ならば、兵を貸し出すとまで言われている。

ただ、支度金以外は自分でどうにかしなくてはいけないので、冒険者の中から手伝ってくれそうな人を探したり、装備品やアイテムの補充方法を考えたりしなくちゃいけない。

◆　◆　◆

訓練が進むと、確かに僕の力はすごいことになっていった。

すでにレベルは5。

みんなはレベル2で盛り上がっているので、僕の成長はものすごく早いみたいだ。

『サラマンダー』という魔物も、僕の必殺技で簡単に仕留めることができる。

アイテム名が不明な『魔石』っぽい石と、『火炎袋』が手に入ったけれど、使い道はよくわかっていない。

　この魔石に関しては、街にいる錬金術師に精製してもらえば魔法が使えるようになると教えてもらった。

　知らないアイテムは、兵の一人に聞いたりもした。

「そのよくわからないアイテムは、勇者以外の者には価値がないとされております」

「へぇ……でも、合成することで武器や防具に属性を加えられるみたいだよ？」

「左様でございますか。しかしながら、それを扱える者は街にはおらぬでしょう」

　もし合成できる人物がどこかにいるのなら、それは勇者の仲間として宿命づけられた人なのかもしれない。

　そう教えられて、少し希望が見えてきたような気がした。

　各地の武器屋を見て回って、属性の付与された武器を探してみるといいに違いない。そこで製作者を聞けば、出会える可能性はあるだろう。

＊　＊　＊

　俺、ヤマダがこの世界に来て何年経つだろう。

　数百年は過ぎていると思うが、あまりハッキリとは覚えていない。

最初の頃は楽しかった。

何ヶ月もかけてダンジョンを攻略し、レアアイテムを手に入れては仲間たちと酒場で朝まで飲み明かした。

【健康】【意思疎通】――確か、転生した時に貰ったスキルだったと思う。

ゲームみたいな異世界なんて、魔物の攻撃以上に不衛生さが怖い。

魔物の死体があちこちに転がっていて、水も綺麗じゃないだろうし、冒険者なんてちゃんと風呂に入っているのかも怪しい。

それに、言葉がわからないのでは生活しにくいだろうから、と。

確かそんな理由で神……いや、世界樹からスキルを与えられたのだ。

まだ当時はそれほど世界が緊迫した様子ではなかったから、俺は言われた通り『のんびりとレベル上げ』なんかに勤しんでいた。

この世界、いや……世界樹には魔物が棲みついている。

何千年も昔から、地表に住む種族たちに力を与え続け、いつしかその魔物を退治してくれることを願っているそうだ。

「しかし、そんな話、すっかり忘れていたな……」

気ままに過ごしている俺のところに、先日、デュランが二人の子供を連れてきた。

西の村が勇者に襲われたと聞いて、とりあえずは村全体にエルフの秘術を使い、外部からの侵入を防ぐ結界を張っておいた。幸い、殺された村人もリバイヴポーションで復活できたから、まぁ、じきに落ち着くはずだ。

そんな事件の直後に『魔力の強い二人を発見した』となれば、犯人かと思うのも仕方ないだろう。

少々怪訝に思いつつ出迎えてしまったが、この二人は普通の村人のようだ。

ただし、人族(ヒューマン)の、ではあるが。

◆　◆　◆

別室に移動して、改めて話をする。

コーヒーを出してやったら、少年のほうは一口飲んで顔をゆがめた。

やはり何も知らない者にコーヒーを出すと、そういうリアクションが返ってくるものだ。

だが、隣の少女はチビチビ飲んでいるじゃないか。

なかなかイケる口なのか？　他の食べ物も試してみたくなるな。

「明日一日は、膨大な魔力を持つ二人にはここにいてもらう」

とりあえず、もう少し長居してもらおうと思って引き留めたけど、俺としても天啓の儀で人族(ヒューマン)が力をつけるのは嫌だから、まぁ嘘は言っていない。

アイツら、魔族と魔物の区別もつかないし、そもそも魔族じゃねぇし。

他種族を別の大陸に移したのは失敗だったかなぁ……？

いつの間にか、俺は全種族の王みたいな扱いにされているし、余計に種族間の溝が深まってしまったような気がする。

◆◆◆

少年と少女を帰らせた後、自室に戻ってふと思い出す。

世界樹に巣食う魔物については、俺の最初の仲間だったアイラという僧侶が面白がって絵本にしてくれたのだが、そういえばこの部屋にも一冊置いてあったな。

本棚からボロボロになった絵本を手に取り、慎重にめくる。

子竜……か。

あれから大分経つし、今では成長してどれほどになっていることやら。

『子竜を追い出すために、私は各地にダンジョンを生成します。そこにいる魔物やボスは、私が子竜の力を抑え込み、表層化させたものです。世界中の者たちがそれを倒してくれれば、いずれは……』

勇者の役割は、世界中の魔物やボスを退治し続けて子竜の力を弱体化させ、世界樹から引き剥がして子竜本体を退治すること。

当然、成長しすぎた子竜は、そう簡単には引き剥がせない。

十年、二十年くらいでやればいいかと思っていたのだが。

そんな使命は……多分、最初の仲間が全員寿命で亡くなった頃にはすっかり忘れていただろう。

次第にボスの討伐が疎かになり、レアアイテムのためにダンジョンに潜り続けることが日課になっていた。

だからといって諦める必要はない。

ボス討伐ではどうしようもなくなった万が一の時のために、世界樹はもう一つの手段を作っていた。

それが四龍の討伐。

特定のダンジョンの最下層に足を踏み入れた際、世界樹はそこに災厄の魔物を産み落とす。

その龍は、世界樹の力では制御しきれない。

そして、もしも討伐に失敗すれば、世界は龍によって簡単に滅ぼされてしまうだろう。

まぁ今の俺ならきっと余裕で勝てるがな。

しかし、龍を討伐して四つのアイテムを入手したところで、俺にはどうしようもない。

ということは、アイツらにあの魔物を倒す力をつけてもらわなきゃならないのか……

◆　◆　◆

センを鍛え始めてからしばらく経った。

今日は銀の世界樹の種を渡した後、王都の近くに特殊なスライムだけが出てくるダンジョンを生成しに行った。一応、これも『勇者対策』だ。

今頃、四龍のダンジョンも作られているだろうな。

「マオー様……なんで一個だけ残したの？」

ミアは、俺がセンに銀の世界樹の種をすべて渡さなかったのが気になったのだろう。

「全部渡してセンが片付けちまったら、俺の出る幕がなくなるじゃねぇか。俺だって少しは活躍したいしよ。さ、飯行くぞ、ミア！」

「んっ」

9話

「真ん中に立ってた少年は、終始おどおどしてやがったけどな」

武器屋にやってきた勇者一行は、親父さんの作品を見て優れた鍛冶職人ではないと判断したらしい。

それでも、一人の兵が並んでいる魔法媒体に気づいて、半ば強引に回収していったそうだ。勇者への『献上』という名目で。

「なんだか、無理やり奉られているってぇ感じだったな。やられたことはムカつくがよ、アイツらも命じられてやってんだと思えば、少しは気も収まるってもんよ……」

それでも損失は大きかったそうで、しばらくは資金不足でまともに買い付けはできないと言っていた。

僕とリリアが作ったアイテムのせいで目をつけられてしまったのだから、何か補填したいと考えたのだけど、どう渡すのかが難しい。

だから、勝手に話を作らせてもらった。

「魔王って人が、被害のあったお店に渡してくれって。僕たち、これを預かったんだ」

勇者は魔族と敵対していて、勇者が暴れるのは魔王のせいでもある……とリリアは言っていた。

それが事実かどうかはともかく、無関係ではないのだから魔王の名を出したって、文句を言われる筋合いはないとかなんとか。

「なんだと⁉　この大量の魔銀を無償で提供してくれたってのか？」

まぁ、リザードをちょっと、ほんのちょっと多く狩るだけで入手できたアイテムだし、インベントリ内の半分も出してはいないけど。

魔法媒体――ルースに関しても、テセスの鑑定書付きで、良品質のものをいくつか渡しておいた。

これは店頭販売はせずに、信頼の置ける冒険者に格安で提供してやろうと言っていたから、今に強力な魔法を使える冒険者が増えるだろう。

魔銀（ミスリル）の大量入手により、これから店に魔銀（ミスリル）の剣が並ぶようになるのだから、『飾ってある剣も魔銀（ミスリル）製にしよう』なんて話もあった。

ふざけてコルンがレーヴァテインを置いたものだから、親父さんから『どこで手に入れたんだ!?』と詰め寄られる。

これはふざけてやったコルンが悪い。

結局出所は言えず、店の奥から金貨を大量に出されて、押し負けて譲ることになってしまった。

お金は運営資金に必要だと思うので今は受け取りを辞退して、余裕ができたらちゃんと後日支払ってもらうことにする。

「ヤマダさんの名前を借りるだけで、強いアイテムもいっぱい渡せちゃうもんだね。最初からそうすれば良かったかなぁ？」

「そんなわけないわよ。あの親父さん、私たちが作ったものだって知ってて黙っててくれてるのよ」

「さすがにやっぱ……そうだよなぁー。俺なんて相変わらず『魔王』って何？　状態だぜ」

リリアとコルンに言われて、自分の考えが甘いことに気づかされた。

向こうは、僕たちが知られたくないと思っていることをわかっている。

それなのに、『実はお前たちが作ったんだろ？』なんて聞くわけがない。店にとって、僕たちは利益をもたらしている存在なのだから。

もしも親父さんが僕たちのことを話すとしたら、耐えられないほどの不利益を僕たちが運んできた時か、話すことで僕たちがもたらす以上の利益を得られる時のどちらかだろう。

「それよりも俺のレーヴァテイン……」

レーヴァテイン？

代わりに、明日親父さん渾身の一本を貰える約束になったじゃないか。

気にするな、コルン。

◆　◆　◆

翌朝は雑貨屋に出向く。

「村就き御一行さん、ありがとな。魔王さんって人にもよろしく言っといてよ」

前にもそんな風に言われたけど、いつから僕たちは『村就き御一行』などと呼ばれているのだろうか？

ともあれ、余っていた魔力草や中級ポーション、ついでに合成の練習で使おうと思っていた革の服なんかも雑貨屋に渡してきた。

金属の防具なら武器屋だが、革の服は日用品。だから雑貨屋で扱っている。

『＋3』までは失敗なく合成できていたので、ちょっとでも良いものを渡したくて、それを二十着ほど作って渡した。

渡した時に、『なんだかえらく丈夫そうだな？　魔族領ってとこの服は、どれもこんな感じなのか？』と言われたのには、ちょっとドキッとした。

この人も『僕たちが作っている』と思っているのだろうか？

だとしたら製法なんかを聞かれるかもしれない。

まぁ、知らぬ存ぜぬで通すしかないけれど……

◆◆◆

東のイズミ村の様子も見に行ったが、ヤマダさんが言っていた通り、一つの小屋が取り壊されている程度で、村が半壊などという噂は間違いであることがわかった。

「なんじゃお主ら……またこのジジイを見て笑いに来たとでも言うのか？」

小屋の隅で、一人の老爺がため息をついて突っ立っている。

「あ、そんなつもりじゃなくて……」

そう弁解したものの、実際に潰れた小屋とお爺さんを見ているだけ。

このまま立ち去っては、まさにお爺さんの言う通りになるのだろう。

素材の提供はできるかもしれないが、鍛冶場を造るのは無理だ。

近くにいた村人から事情を簡単に説明されて、僕たちは立ち去ることしかできなかった。

お爺さんは腕のいい鍛冶職人なのだが、王都行きを拒否したものだから、兵が取り壊しを始めた。

それがある程度済んだときに、勇者が『やめましょう』と言ったそうだ。

その言葉を聞いた兵士は、年齢も年齢だから、今ある武器よりも良いものを作ることはないだろう、と判断したらしい。

もし王都に連れていかれていれば、まだ給金だけは貰えたはずだが、それもなくなり働き場も失ってしまった。

「それはちょっと……酷いな」

アッシュが目を細めて言う。

もとより天涯孤独の身らしく、勝手気ままにやっていた罰が当たったんだろうと、本人も納得……するわけがない。

やり場のない怒りを抱え、こうやって毎日、通りがかりの者に八つ当たりをしているのだとか。

「あの爺さん、頑固だが気は優しかったからな。若い冒険者には良い装備を格安で譲ってやって、そんな奴らが魔物退治に成功すると、我が子のことみたいに喜んでさ。翌朝まで、爺さんのおごりで飲んだりしたらしいよ。まぁ、気の毒だけど、あんたたちも気をつけてな」

村の親切な人は、そう言ってその場を離れていった。

「あの様子じゃ、金銭なんか恵まれたって嬉しくないかもな」

失ったものを全て元に戻せるのなら、もしかしたらお爺さんは喜んでくれるかもしれない。

だけど、アッシュはお爺さんを『そんな性格ではないだろう』と言う。

とりあえずはわずかな手持ちで宿に身を寄せたけど、そこでも絶対にお金は支払うと言って聞かなかったそうだし。

◆　◆　◆

エメル村に戻った僕たちは、入り口の近くで再びヤマダさんに出会ったのだが、ミアの姿は見えなかった。

「なんだよ、まだ種を埋めてないのか？」

世界樹の種だと言って渡された三つのアイテム。

どんな効果があるのかもわからないのだから、僕たちが使うことを躊躇するのは当然だろう。

ヤマダさんは、小さなため息を一つつくと、インベントリから同じ銀色の種を取り出して投げ捨てた。

多分、それが正しい使い方なのだろう。

転がった種は地面に溶けてなくなってしまう。

効果が出るのは数時間経ってからだそうで、夜には僕たちが驚くようなことが起きるだろうとのこと。

正直言って、あまりとんでもないことをされても困るのだけど、勇者対策なら仕方ないのかもしれない。

リリアだって、今もヤマダさんにはぶつぶつ文句を言っている程度で、そこまで強くは出ていない。

◆　◆　◆

夕暮れ前、再び勇者はエメル村にやってきた。

先日、あれだけ村からアイテムを奪っていったのに、まだ足りないというのだろうか？

今回はお供の兵はおらず、まっすぐ雑貨屋へ向かい、ありったけのポーションを買っていったそうだ。

「大丈夫だった!?」

「よぉ、センか。ちょうどいいところに来たな」

気になったので、勇者が出ていった後に雑貨屋を訪ねると、店主は勇者のことを『意外と良い奴だった』という。

前回持っていったポーション代も加えて支払ってくれたらしく、店主は僕にアイテム代として金貨五枚を渡してくる。

今朝補充したポーションなどは、僕たちから買い取ったという形にしたいのだと。

「なんか知らんが、革の服も全部買っていきやがったな。着るものに困ってる様子はなかったんだが」

今回は店主が喜んでいたが、店の売り物はほぼなくなっていた。

僕もあまり手持ちがあるわけではないので、すぐには納品できないなと考えていると、明日明後日くらいは珍しく休業しようかと思っているという。

もしかしたらと思い、武器屋を訪れると、やはり同じように勇者がやってきて、先日の分を支払っていったらしい。

だが、親父さんは受け取らなかったと言う。

「え、なんで？」

「悪いと思ったのか哀れんだのかは知らねぇが、一度やっちまったもんを帳消しにしようなんて考えは許せねぇ。謝るならお前じゃねえ、あの兵どもを束ねている兵士長か国王じゃねぇのか？　ってな。しかも、飾ってあるレーヴァテイン様を『売ってくれ』と吐かしやがったから、生涯出入り禁止にしてやったわ！」

なんと恐ろしい……というか、国を敵に回すような発言しちゃって大丈夫なの……？

そんな話をしていると、なにやら外が騒がしく感じられたので、僕は武器屋から出て周囲の様子を確認した。

なんとなく『夜にはできているだろう』というヤマダさんの言葉が引っかかっていたのだけど、その嫌な予感は間違ってはいなかったようだ……

＊　＊　＊

勇者として城に連れてこられた僕は、しばらく一人で魔物を倒し続けた。おかげで、剣技は上達したと思う。

たまに魔族領へと転移するのだけど、いつも様子だけ見て戻り、嘘の報告を行った。

それからさらに数ヶ月。腕のいい冒険者を仲間に加えたいこともあって、僕は冒険者ギルドに相談に行った。

勇者の肩書があるおかげか、簡単にギルド長の部屋に通された。

さすがにすぐに仲間が見つかるわけではなく、少し待っていてほしいと言われる。

僕は了承して依頼受付カウンターのところまで戻り、周囲の冒険者の武器を見て回り、属性の付与されたものがないか調べていた。

僕は、対象にある程度近づくと、その性能や性質がわかるという特殊スキルを持っている。

『鑑定』スキルで得られる情報とは随分と違うものの、すごく使えるスキルだ。

でも、戦いながらは使えないから、魔物の強さなんかは倒してからじゃないと見られない。

そんなスキルを使って、次々と周囲の人の剣を見ていく。

冒険者は、剣術を使う者でも魔法を使う者でも、基本的には鉄か革の鎧を着て、必ず帯刀している。

一部、魔法が強化されるという噂を信じてローブと杖だけを装備している冒険者もいないわけではない……らしい。でも、僕は見たことがない。

「やっぱり普通だなぁ……」

「お⁉ なんだクソガキ。喧嘩売ってんのか？」

「あっ！ ご、ごめんなさいっ！」

危ない危ない、余計な言葉を漏らしてしまった。

すると、一人の女性が近づいてくる。

「お待たせしました。ギルド長がお待ちです」

僕は女性に案内され、ギルド長のいる奥の部屋へと戻った。

その時、壁に飾られている剣がふと目に留まる。

これほど立派な建物なのだし、何より冒険者をまとめる組織なのだ。

きっと壁にかかっている、この剣は！

『鉄の長剣：攻撃力９』……

ま、まぁ飾りだし。

少しがっかりしつつ、案内されるままにソファへ腰掛ける。

向かいには、ギルド長。そうだ、きっとギルド長の装備品はすごいものなのだろう。

『合金の剣：攻撃力12』

さ、さすがギルド長の剣は強い！

「……というわけなのだ。申し訳ないがギルドからの応援が必要であれば、正規の依頼として提出いただくか、直接冒険者と契約をしてもらわねばならない」

「あ、ハイ！　わかりました……」

本当はよくわかっていない。

ギルドや国の詳しい組織図なんかを見せられたって、僕はただの十五歳の少年。国や組織のうちの一つですら、完全には理解できない。

とりあえず『今すぐには人員を出せない』ということはわかった。

最近は魔物の動向が変わってきたようで、ギルドとしても人手が足りないのだという。

先ほども近くの池で、なにやら轟音が鳴り止まぬからと、副長のバリエさんが自ら調査に行ってきたばかりだそうだ。

「ギルド長！　先ほどの件、報告書がまとまりました」

扉の向こうから声が聞こえ、それがバリエ副長だと教えられる。

「バリエ、来客中はノックをしろといつも言っているだろう」

実力を買われて副長になったものだから、あまり礼儀作法は学んでないのだと言い訳をしていた。

それに関しては、僕のほうがもっと勉強不足だろうから、何も言えることはない。

バリエさんは実力を買われたっていうだけあって、装備品はギルド長に負けず劣らずだ。

武器だって立派そうだし……

『魔銀（ミスリル）の剣（＋5）：攻撃力37、微毒追加』

「……はぇ？」

「ん？　どうかしたのかね勇者殿？」

「あ、え……ご、ごめんなさい、その剣はどうしたのですか!?」

こんなところで目的の武器が見つかるだなんて思わなかった。

並外れた攻撃力はともかく——いや、それも気になるけれど——それ以上に目を引くのは『微毒』。

これは『火炎袋』のようなアイテムを使った結果ではないのか？

加えて、『＋5』とは一体……

バリエさんは随分と言いにくそうにしていたが、とある村人から譲ってもらったのだと言った。

当然タダというわけではなく、結婚資金として貯めていた白金貨二枚を渡してしまったのだとか……


性能だけ見れば、それでも安いのかもしれないけど、そんなことをギルド長が知るわけもない。

僕は早々に退席させられて、閉ざされた部屋からはしばらく怒号が止まなかった。

「どこかの村に、僕の仲間が？」

そう思うと、いても立ってもいられず、僕は城に戻って相談してみた。

「かような用件でございましたら、兵を三人と馬を用意させましょう。馬はいいですぞ。魔物は、人は襲うが馬は襲わない。念のために『ケムリ玉』も持つとよいでしょう」

そうして翌日、三人の兵と馬が約束通り用意された。

兵士たちがどこか不敵な笑みを浮かべているように感じられたが、それでも僕に協力してくれるのだと思い、気にしないことにした。

だが結果的に、兵は『勇者』の名を使って、村でやりたい放題だったのだ。

エメル村では武器や防具、アイテムを好き放題に没収。

次のイズミ村では、腕の良い鍛冶師が王都行きを断ったからって、建物を破壊し始めた。

やめてほしい……僕はそんなことは望んでいない。

それに、ここにある武器はどれも副長の持っていた剣と比べて、性能が落ちるのだ。

「も……もう、やめてください……」

小さな声で三人の兵に伝えるのが精一杯だった。

「そうですな、勇者殿！　このような老爺が勇者殿の仲間なわけがございませぬ」

壊された建物の再建費――そんな大金を、僕がすぐに用意できるはずがない。

これじゃ勇者ではなく、ただの盗賊じゃないか……

僕には魔王を倒すことは無理かもしれない。

もう城に頼ることもやめようと思う。

まずは、今日迷惑をかけてしまった村の人々にちゃんと謝らなくては……

◆◆◆

色々あって疲れていたけれど、昨晩は後悔や心配でなかなか寝つけなかった。

翌朝、少しでもお金になる仕事を請け負うべく、僕はギルドで冒険者登録を行った。

勇者だろうが盗賊だろうが、この街で冒険者登録をすれば、魔物素材の売買がしやすくなる。

まぁ盗賊だとわかれば当然捕まるし、登録も解除されるのだけど。

デメリットは、依頼を達成したら街に戻って報告しなければならないことと、買取価格が市場よりも若干安いことだろう。

何でも買い取ってくれる代わりに、相場の二割ほど安い値付けをされてしまう。

だから、依頼はギルドで受けるけれど、素材の売却はよそでやるという冒険者は非常に多い。

「まっ、街の外に魔物がっ！」

一人の冒険者の男がやってきて、ギルドの中は一瞬にして騒々しくなった。

街の外には魔物がいて当然。

だが今回は、魔物の巣窟が突然できてしまったのだそうだ。

「中にいるのはスライムみてぇだが……あれは普通じゃねぇ！」

要領を得ない男の説明に、腕自慢の冒険者が次々と外に出て確かめに行った。

スライムといえば、エメル村の近くにのみ棲息している最弱と言われる魔物のはず。

それがなぜ王都の近くにいるのか。

本当にスライムなら、僕の『攻撃力９』の鉄の剣でも余裕で倒せるから、たいして脅威ではないだろう。

そう考えて冒険者たちについていき、たどり着いたのは小高い丘だった。

その一角に、地下へと通じる階段がある。

誰が、何の目的で作ったのか？

中にはスライムがいるというのだから、人間が穴を掘って作ったわけではないと思う。

もしや、『魔王』という者の仕業だろうか？

「おぉ勇者殿もおったか！」

後から副長のバリエさんもやってきた。

バリエさんが言うには、おそらくこれは魔族による侵攻ではないかとのこと。

だとしたら、まさに今が『勇者』の実力を見せつける時だそうだ。

やはり勇者とは、都合の良い特攻隊……いや、僕一人なら『特攻兵』か。

きっと僕が死んだら、次の勇者を用意して同じことをさせるのだろう。

中に入った冒険者によると、スライムは通常とは異なり、金色に光っているらしい。

なにより違うのは、その強さ。

冒険者たちでは一匹も倒すことができなかったそうだ。

逃げられてしまうのならまだマシで、時々とんでもない威力の体当たりをしてきて、まともに食らうと大男が吹っ飛ばされるほどだという。

今僕は、そのスライムの巣窟を、調査という名目でバリエさんとともに歩いている。

一人でないことがせめてもの救いだった。

こんな暗い洞窟の中を一人で奥まで進むなんて、考えただけでもゾッとする。

現れたスライムは確かに金色で、しかもすぐに逃げていく。

全く攻撃をする機会がない。

そう思って進んでいるうちに、ついにスライムの体当たりがやってきた。

僕が腕でその攻撃を防ぐと、横にいたバリエさんが剣で思いきりスライムを斬りつける。

攻撃力37の剣だ、さすがの金色スライムもこれには参っただろう。

『ようやく一匹！』と思ったのだが、斬られたはずのスライムは、なぜかピンピンしている。

しかも、素早く逃げていってしまった。

こんなの絶対に倒せない……

何度か戦っているうちに、バリエさんもまたスライムの体当たりを受けてしまう。

僕とは違って、大きく吹っ飛ばされてしまうバリエさん。

一度なら耐えられるけれど、二度は無理だと判断し、もう地上へ引き返すという。

体当たりされてもあまりダメージを受けない僕に、一人で調査を続行してほしいそうだ。

僕は仕方なく先へ進んでいく。攻撃がなかなか当たらないので、ＭＰを消費して【五月雨斬り（さみだれぎり）】を使ってみた。

【剣士】スキルとともに得た、二回攻撃のスキルだ。

いつも以上に素早く剣を振ることができるが、それでも当たらない時は当たらなかった。

三回攻撃を当てたところで、金色スライムはアイテムを残して消える。

そうして残されたのは、いつもの魔石ではなく、一つの『金の塊』だった……

10話

夜に外が騒がしくなり、自然といつものメンバーが集まった。

いや、コルンだけはこの騒ぎでも起きなかったみたいだけど。

「どうしたのっ？」

依頼所のアメルさんに、僕はそんな風にすっとぼけて聞いてみたけれど、想像を上回る現実を目の当たりにして驚愕してしまった。

「さっき変な光が見えたので、様子を見に来たら村の入り口のそばに階段ができていたんです。それで、冒険者の方が様子を見に行くと言って中に……」

アメルさんが、不安そうな様子で説明してくれる。

人混みをかき分けて見るまでもなく、その辺りはちょうどヤマダさんが銀の種を投げ捨てた場所だった。

「一体何をしたんだよ……ヤマダさんは……」

しばらく待つと、中に入った冒険者が戻ってきて、巨大な地下迷宮ができていると報告した。

壁がほんのりと発光しているらしいが、やはり薄暗いので明かりの準備はしたほうがいいらしい。

一番の問題は、『中に魔物が棲んでいた』こと。

「おいっ、大丈夫なのかよっ？」

「まだわからねぇ！　見かけたのはスライムと見たことのねぇ魔物だったが、そんなに強くはないみてぇだ！」

あれやこれやと議論を交わす冒険者たち。

とにかく放置するわけにもいかず、アッシュを含めた有志数名で、階段の見張りを行うことになった。

中には村を出ていこうとする冒険者もいたが、事情を知らなければ当然の選択だろう。

『ヤマダさんのやったことだし、大丈夫だと思うよ』なんて言えたら、どんなに気が楽になることか……

◆　◆　◆

翌朝、きっとヤマダさんがこの状況を説明しに来るだろうと思っていたが、予想に反して現れなかった。

それでも多分、魔族の誰かしらが監視しているとは思うが。

おそらく、この『ダンジョン』は、僕たちに攻略させるために作ったもの。

だけど、そんなことを知らない冒険者たちは、面白がってダンジョン内を探索し続けている。

中には怪我をして出てくる者もいたので、入り口ではポーションの販売も始まってしまった。

僕たちはというと、様子を見ながらポーションの補充をするため、薬草調達に王都へ行ったり来たり。


人々がダンジョンに潜り始めて二日目、冒険者の一人が『自分は強くなってる気がする』と言い出した。

また、別の冒険者が言うには、ダンジョンの奥には扉があり、そこに手を触れると背筋が凍るような気持ちになるらしい。

「俺はもういいやっ。倒した魔物は消えちまうし、魔石も落とさねぇから全然儲からねぇ」

とある冒険者は、そう言って探索をやめた。

「いや、俺はスライムを倒したら小瓶を拾ったぞ。気になるから鑑定依頼を出した」

「んでもよぉ、魔物から出たもんなんか、気味悪くて使えねぇってよ」

嘘か真か、一攫千金のチャンスだと言う者もいた。

その言葉には、大多数が共感しているようだ。

今日は武器を強化して渡そうかとも考えたのだが、それで『強くなった』と勘違いされては困ると思い、リリアとともに魔銀集めをして時間を過ごした。

その晩、一足先にテセスから小瓶の鑑定結果を教えてもらうと、ただの『下級ポーション』だったらしい。

スライムから出たそうだし、僕も、ちょっと『飲みたくない』と思ってしまう。


三日目、やはり冒険者たちが強くなっているのは間違いではないようだ。

『ボス部屋』と思えるその扉の中には誰も入っていないが、それでもレベルアップしている様子。

ヤマダさんから、先代魔王の影響で、弱い敵からは経験値を得られないと教えられたのは間違いだったのだろうか？

アッシュは『ダンジョンの見張りをしたい』と言うので、僕とリリアとコルンは、その間に次のボスを探しに村の外へ行くことにした。

もちろん、探すだけで戦うつもりはない。グレイトウルフでも苦戦を強いられたし、万全を期して挑まなくては、とてもではないが敵わないだろうと思っているからだ。

テセスも誘おうと家を訪ねたが、依頼所にいるとのことで、そちらに移動する。

依頼所はダンジョン目当てに集まる冒険者でごった返していたので、リリアとコルンを入り口に残し、僕がテセスを呼びに行ったのだが――

「やっぱりダメだってさ。アメルさん一人じゃ、手に負えないみたい。スライムとは別の、タヌキみたいな魔物が落とすっていう金属が、もしかしたら『銅』なんじゃないかって話で、テセスも鑑定のために残るんだってさ。アッシュもテセスも、しばらくは無理そうだよ」

仕方なく、僕とリリアとコルンの三人でメイスファングやギャザープラントのいる荒原へやってきた。

この程度の魔物だったら、コルンの弓だけでも十分に戦えるし、ギャザープラントに至っては勝手に逃げるので無視して進むことができる。

……のだけど、魔物の相手をしたのは、全部ピヨちゃんだった。

リリアの【召喚】が【マスター召喚】になったことで、ピヨちゃんのステータスはさらに上がっているらしい。

僕が手を出すまでもない、と言えばカッコいいのかもしれないけれど、現状、お役に立てている気が全くしない。格好だけでも、何か武器を手にしていたほうがいいのかなぁ。

さらに東へ行くと、次第に山が近づいてきた。

その手前に、木々に囲まれた小さな池を発見する。

転移の目印にちょうどいいと思って、僕たちはこの場所を記憶して、ひとまず村に戻ることにした。

◆ ◆ ◆

夜、依頼所にいつもの五人で集まり、今日の報告をする。

「山を越えなきゃいけないのかぁー。やだなぁ……」

「あら、リリアちゃんは嫌なの？　私は冒険してるなって実感するから、ワクワクしちゃうけど」

鑑定で大忙しのテセスは、冒険がしたくて仕方ないらしい。

朝からずっと鑑定をしているそうだが、疲れを感じさせないテセスを見ていると、実は今でも『中級ポーション』を常飲しているのではと疑ってしまう。

なんでこんなに元気なの？　僕なんか歩いただけでヘトヘトなんだけどなぁ？

「アッシュ、やっぱり明日も無理そうかな？」

明日はおそらく山越えになる。

山の中には魔物がウヨウヨいると思うから、是が非（ぜひ）でもアッシュに同行を頼みたかった。

「すまん、セン。まさかダンジョンの魔物から『銅』を入手するとは思わなかったものでな。鑑定結果も間違いないし、量も申し分ない。できれば全てを村で買い取るようにと、領主からお達しがあったらしい……」

そういう命令があるのも、銅が貴重なものだからだろう。

硬貨に使われている金・銀・銅はほんの数％だというが、それでも硬貨に価値が認められるのは、その数％の金属に相応の値打ちがあるからだ。

そうした金属を山で採掘しようとしたら、冒険者の命がいくつあっても足りない。

だから、原理はともかく、弱い魔物の討伐で安定して入手できるのなら、この機を逃すわけにはいかないのだ。

「しかし、問題があってな……」

この仕事が上手くいけば、村にも多額の金が入るらしいのだが、なにせ高価な金属だ。買い取ろうにも村にはお金がない。

後日、領主からちゃんと支払うとは言われているものの、タヌキのような魔物一体から入手できる一粒の銅で、銅貨八枚の買い取り価格。それが、一日におよそ八百粒。

換金の頻度を考えると、余裕を見て三十日分の金銭は用意しておきたいらしい。

金貨で約二十枚分である。普通に家を数軒建てられてしまうほどの金額だ。

えぇぇ？　もうほっといていいんじゃないの？　……と思うけれど、隣でアメルさんが大変そうに冒険者からの情報をまとめているのを見ると、そんな言葉を言うわけにもいかない。

「白金貨なら持っているから、貸すことはできるけど？」

「あーいや、両替しなきゃ使えんしな。払う意思があるという、見せ金にはなるかもしれんが……」

そんな大金をポンと置いておくわけにもいかないみたい。そりゃ、盗られたらたまったものではないからね。

「まぁ金に関してはなんとかするが、何より人手がな……村就きとしては放っておくわけにはいかないだろ」

「ごめんなさい、アッシュさん。それに皆さんも。私も応援を頼んではみたのですが……」

作業の手を止めて、アメルさんが謝る。

うん、悪いのはヤマダさんだから、別にアメルさんが謝る必要はないですよ。

冒険者から情報が集まったおかげで、ダンジョン内の地図はほぼ完成したらしい。

やはり最奥に扉が一つあるだけで、出てくる魔物はスライムとタヌキみたいなやつばかり。

相変わらず扉を開けようという者は出ておらず、理由は『開けようとすると殺気を感じて身が竦むから』。

他には、『この先には進ませないぞ』という、強い力で押し返されるなんて話もあるとか……

なんだそれ？

もしかすると、僕たちがボスを倒せば、騒ぎは収束するのかもしれない。

そんな話をアッシュにしてみたが、せっかく銅が手に入るのなら、管理をしてしっかり稼がせてもらいたいと思っているのも事実らしい。

残念だけど、山越えは僕たちだけで行うことに決めた。

この騒ぎが落ち着いたら、僕たちもダンジョン内を探索させてもらおう。出るのは弱い魔物だけみたいだけどさ。

◆　◆　◆

「山を越えたら、もうエンドリューズなんだっけ？」

翌朝、目印にした池のほとりに三人で転移すると、コルンはそう聞いてくる。

「多分、そうじゃないかな？」

「不確かなの？」

「う、うん……」

そりゃあ正確な世界地図があるわけじゃないし、僕は冒険者やデッセルさんから話を聞いただけなのだから、絶対じゃない。

色々と不安はあったものの、僕たちは山に向かって歩きだす。

「はぁ……また火魔法は使えないのね」

「山火事になったら大変だもんね」

僕が苦笑すると、コルンはいつもの軽い調子で返す。

「ま、大丈夫じゃねぇの？　お得意の魔法でチョチョイと消火しちゃってさぁ」

「あんたは、ほんっとにノー天気よね。羨ましいわ……」

山の中にはどんな魔物がいるのだろうか？

そんな話をしながら山の登り口まで行くと、急に辺りの雰囲気が変わった気がした。

具体的な景色が違うのではなく、何かがそこに『いる』という気配を感じる。

直感的にそれが『ボス』だと理解したが、すでに遅かったようだ。

「転移っ！」

僕は咄嗟に前を歩いていたコルンの腕を掴んで、魔法を使う。

ボスの出現前だから転移できる可能性はあった。

でも、もしリリアだけ転移が遅れたら、リリア一人でボスと戦うことになったかもしれない。

そう気づいた僕は、怖くなってリリアに頭を下げた。

「ごめん！　リリアに何も言わずに転移しようとして」

「別に仕方ないじゃない。それに、結局転移できなかったんだし」

そう言ってリリアは僕の行動を許してくれた。

ヤマダさんが教えてくれた、ワンダープラントという植物のボス。

ボス自体はその場から動かないのだけど、地中から出てくる植物に足を取られて動きを止められてしまう。

蔓(つる)が絡むといつも以上に疲労を感じるので、そういう作用もあるようだ。

それに関しては、スキル【怪技】で魔物の技を覚えたリリアが教えてくれた。

リリアが覚えた技は、ボスの使う技とは多少異なるものの、『HP吸収』ができるらしい。

ワンダープラントは植物だから、山火事は怖いけれど火魔法を連発。

案の定、火が弱点だったようで、呆気なく倒せてしまった。

レベルも上がったみたいだし、何度か戦ってみてもいいかもしれない。

宝箱（ドロップアイテム）は、銀色の液体が入った小瓶が一つ。

あとは燃えた木材だけど……使えそうな芯の部分だけ、少し持ち帰ることにした。

ちなみに、リリアが覚えた『HP吸収』を試してみると、ノーズホッグどころか、レイラビットすら倒せなかったので、あまり使えそうではなかった。

11話

「セン、何か書けるものを持っていないか？」

村に戻り、ダンジョン前で忙しく作業を行うアメルさん、アッシュ、リリアのもとに行くと、アッシュからそんなことを聞かれた。

ペンではなく、紙が欲しいそうだ。

マップ制作用に冒険者たちに渡してしまったため、事務仕事で使う分が不足したのだという。

それに加えて、長期滞在する冒険者には、村で買い取った銅の支払いを待ってもらっている状態なので、それを書き留める分も欲しいらしい。

支払いを待ってもらう代わりに、とね屋ではツケで飲み食いや宿泊ができる、ということになっているそうで、その金額を控えておくための紙も欲しいのだとか。

「じゃあ、この間言ってた魔符の出番じゃない？」

「えっ？　本当に作るの……？」

リリアが言っているのは、羊皮紙の代わりになりそうな紙の話。

インクがすぐに乾かない羊皮紙では、マッピングを行うのも大変だ。

代わりに魔符の裏側に文字を書こうというのだが、破れた瞬間に強力な魔法が発動するのだから安易に使えるわけがない。

それに、コピアの木が手に入らなかったため、作ることもできなかった——今までは。

「それにしても、まさか木が歩くなんてなぁ」

思い出したようにコルンが言う。

◆　◆　◆

ワンダープラントというボスを倒したあと、まだ早朝で時間もあったので、山に入ってみた。

現れたのは黒い鳥の魔物、そして『動く木』である。

ギャザープラントのように、木に擬態した魔物かと思ったら、まんま『木』だったのだからビックリしてしまった。

それほど巨木ではないにしても、人の身長よりははるかに高い。

そして何より驚いたのは、その木に見覚えがあったことだ。

『これ……コピアの木だよ……』

デッセルさんに渡された木片は、この魔物だったのではないかと想像する。

実際に戦ってみると、メイスファングよりも強い印象だ。

強化した剣でも、傷をつけるのが精一杯。鞭のようにしなる枝葉の攻撃は、防具を強化してあるというのに、なかなかダメージが大きかった。

燃やせば簡単に倒せたかもしれない。

だけど、僕が素材を欲しがったのもあり、剣で戦った。

コピアの木は、どれだけ斬っても弱る気配がない。

血も出なければ、枝葉を切り落としても動き続ける。

最初の一本との戦闘は、正直言って勝てる気がしなかった。

そう思っていたのに、コピアの木は突然動きを止めた。

警戒しつつ剣で斬りつけると、簡単に真っ二つにできたのだから、よくわからない生態だ。

リリアが調べていた文献には、樹木の精霊トレントが木に入り込んだ状態と書いてあったらしい。

襲いかかってきたので、精霊だなんて思えないけれど。

ともあれ、そうして不思議な力が宿った木が、コピアの木となるのだろう。

「デッセルさんはコピアの木を持ってたけどさ、誰がどうやって倒したんだろう？」

「一度精霊が宿って、その後に出ていった木もあるんじゃない？　その場合は、普通に伐採するだけよね」

僕の疑問に、リリアは『あくまで想像だけど』と言って答える。

「実はデッセルって人、スッゲー強えんじゃね？」

コルンが何気なく言った冗談。

この時は、まだ知る由もなかった。商魂たくましいデッセルさんの裏の顔を……

◆　◆　◆

アッシュから紙が欲しいと頼まれた僕は、自室に移動して早速合成を試してみる。

動く木があまりに衝撃的だったため、入手したコピアの木について、アレコレと雑談を挟みながらだ。

まずはシンプルに、魔符の材料から魔力草とルースを抜いた状態で実験。

つまり『コピアの木』のみだ。

当然、これだけでは【合成】スキルは発動しないので、水を加えてみた。

しかし、残念ながらスキルは発動しない。

水は素材とは認識されないのだろうか。長いことスキルを使っているけれど、初めて知った事実だ。

前々から原理が気にはなっていたので、ダンジョン出現で騒ぎになっているここ数日、僕は【合成】について色々と試していた。

結果からいうと、どうも一定の法則はあるみたいだ。

薬草×薬草×薬草×薬草×薬草×薬草×薬草×薬草＝下級ポーション
魔石×魔石＝魔法媒体
コピアの木×魔法媒体×魔力草＝魔符
メインの素材は二つか三つ。そこにサブの素材を加えると、効果が高まる。

以前、薬草二枚だけで合成を試みたら、効果の低い下級ポーションができ上がった。

水を加えたりすることで、品質には影響するものの、完成するアイテムに違いはない。

厳密にいえば、魔法同様にイメージ次第で形を変えることはできるけど、粒鉱石からは何を作っても『小瓶』になる。

粒鉱石から作った大瓶を、無理言ってテセスに確認してもらったら『小瓶』だと判明した。

こんな大きな入れ物が小瓶……まぁ、世界樹にとっては小瓶なのだろう。

そんな説明をすると、コルンは首を傾げる。

「つまり、どういうことなんだ？」

「ようするに、スキルは世界樹の法則で発動しているってことでしょ？」

リリアのほうが、僕よりも世界樹や世界の仕組みのことを理解していると思う。

以前、ヤマダさんに『世界樹の理』を話してもらった時から、ずっと気にはなっていた。

ある一つのアイテムを作る際には、特定の素材が必要になる。

その法則から外れても【合成】スキルを使うことはできるし、ちゃんと効果のあるアイテムができるが、名称は大雑把になる気がする。

先日の『攻撃アイテム』だってそうだ。魔符のようなものではあるが、魔符ではない。だから、大きな分類として『攻撃アイテム』と名づけられたのだろう。

つまり何が言いたいのかというと、手当たり次第に合成しても、『紙』を作れる可能性は低いだろうということ。

もしかしたら、『紙』のレシピなんて世界樹の理には存在しないかもしれない。

別に、今回は『紙』という鑑定結果を得る必要はないので、魔符を作り替えて、攻撃の効果をなくせばそれでいい。

「やっぱり、試しにルースを使ってみようか？」

コピアの木＋水では【合成】スキルが反応しなかったので、他に何か追加しなければならない。

ルースがあれば発動するかなと思い、そう提案してみたのだが、リリアの表情は渋かった。

「いいけど、また夢中になってピヨちゃんのご飯分まで使わないでよ」

「んー、俺はコピアの木をもっと取ってくるぜ」

そう言って、コルンは一人で部屋から出ていく。

さて、実験の続きだ。

次は、魔力草の代わりに魔素の含まれない『雑草』を使ってみる。

レイラビットのいた草むらの草を、大量に刈り取らせていただいた。

以前リリアが根を焼いたものだから、あまり伸びてはいなかったが。

さらに、ルースを使うと魔文字の力が出てしまうので、小粒の力のない魔石を使うことにした。

「あれ？　そういえばさ、魔符っていうレシピがあるんだったら、魔法媒体って先代魔王が魔石を作る前から存在していたってことじゃないの？」

魔石を手に、リリアがふと思った疑問を口にする。

「そうなのかな？　よくわからないや……」

ヤマダさんの説明によれば、先代の魔王が世界樹ユグドラシルに干渉し、魔石を生み出したそうだ。それから、人々は魔法媒体を手に入れ、魔法が使えるようになったという。

もし魔法媒体が元々存在していないものならば、世界樹の力による鑑定では『攻撃アイテム』になるのではないか？　――リリアはそう考え、疑問に思ったらしい。

魔法媒体を使わずに魔符を作れるなら、また別の可能性も考えられるけれど、間違いなく魔法媒体は必要不可欠。

リリアの疑問はもっともだが、魔法媒体が元々世界にあったかどうかなんて、僕たちが考えてわかるような話ではない。

気を取り直して「コピアの木×雑草×力のない小粒の魔石」で試してみると、とりあえずは【合成】スキルが発動し、薄い木の板が完成した。

似ている素材というだけでは上手くいかないようだ。

魔法媒体が必要ならばと思い、粒魔石同士を合成。これで魔力を込めても何も発動しない、無色透明なルースが完成した。

このルースとコピアの木、雑草で合成を試してみると、魔符と同じような紙が完成する。

あとは破っても効果がないことを確認しなくてはいけない。

僕はでき上がったばかりのその一枚を手にして、慎重に前後に割いていく。

「お、おぉぉ……」

まだ大丈夫。もう少し破っても、きっと大丈夫……

そうして一分ほどの時間をかけて、魔符のようなものは、ギザギザに破れ二つに分かれた。

「成功だねっ！」

最後まで効果が発動せずに破れたのを見て、リリアは僕の右肩から顔を覗かせる。

本当に嬉しそうな表情だ。

完成した「魔符のようなもの」の表面には魔符と似た模様が描かれているが、紙として利用するなら裏面だけ使えれば問題ない。

ただ一点気になることがあるとすれば、破り始めたときに、不思議な感覚に襲われたことだろうか。

『しかし、効果がなかった……』

なんだか、そんな残念そうな言葉が耳に響いたような気がしたのだ。

ともあれ、今回の実験でついに僕もスキルレベルが上がった。

リリアの【召喚】スキル同様に、レベルのところには星マークがついている。

そして上位スキルの習得は、もちろん『はい』を選択。

そもそも僕には一つしかスキルがないのだから、『いいえ』にする理由はない。

上位スキル【マスター合成レベル1】が増え、僕の【合成】スキルにおかしな変化が起きた。

合成する際に『無価値』や『硬い』というものを選ぶことができるようになったが、どう役に立つのか今はわからない。

もっとレベルが上がれば冒険の役に立つのかもしれないし、さらに強いアイテムが作れる可能性もある。

リリアの【マスター召喚】に至っては、今のところ使い方もわかっておらず、ただピヨちゃんが強くなるだけということも考えられた。

気になることは多いけれど、ダンジョンのことも心配だし、とりあえずは一つずつ片付けていこうと思っている。

12話

「こうなったら意地比べだな。俺だって何百年も退屈な生活してんだ。三、四日待たされたってどうということはない」

結局、銀の世界樹の種は自分で使ってしまった。センに渡したはいいが、アイツは大事にインベントリに入れていて使う気配がなかったからだ。

四つの種のどれがどの迷宮という決まりはなく、最初に使った一個目は必ず、焔龍（えんりゅう）の出るこの『真紅の迷宮』になる。

その一階層にある扉の奥で、センたちを待っていた。

これは『レベル10以上でなくては開かない扉』だから、他の冒険者どもが入ってくることはなかったはずなのだが……

「どう考えてもレベルが上がっているみたいだぞ？　それに、なんで出てくるモンスターがあんな雑魚（ざこ）ばかりなんだ？」

俺は隣にいる女、いやおそらく性別などないのだろう生き物に尋ねた。

「失礼な呼び方しないでよ。それならまだ『こいつ』とか『そいつ』のほうがマシよ」

そうだった、こいつも人の心を読むんだったな。

それにしても何百年と会っていないうちに随分と弱々しくなった。

昔はこう、もっとでっぷりと……

「コホンッ！」

殺気まじりの咳払いが一つ聞こえた。

これ以上おちょくるのはやめておこう。

「まぁいいわ、今から来る子たちにも説明しなきゃいけないんでしょ？　呼び名がないのは困るから、そうね……ユ、ユー……『ユーグ』でいいわ」

「で、それはわかったが、さっきの質問の答えはどうなんだ？　ユユーユーグ？」

「……あんたのそういうところ嫌いじゃないわ。とりあえず一回死にたいようね」

世界樹の種は先代魔王が世界を改変する前に生み出したものだから、今のルールは適用されないのだろうとユーグは言う。

四龍の迷宮を造る銀の世界樹の種は、俺がこいつに頼んで作ってもらったもの。

あまり記憶にないが、その頃はまだ先代魔王は健在だったらしい。

思い返してみれば、スライムでせこせこレベル上げをしていたような覚えはある。ちょっと懐かしい気にさえなった。

「それに、迷宮のモンスターレベルは貴方が決めたのよ？　覚えてないの？」

俺が？　確かにユーグに頼んで作ってもらったとは思うが、目的は四龍の討伐じゃなかったか？

「完全に忘れているようね。なんなら、声真似して再現してあげてもいいのよ？」

するとユーグは咳払いをして声を変える。

『せっかくだから俺以外にも入れるようにしようぜ。大都市に聳える巨大ダンジョンとか、超ワクワクすんじゃん！　ルーキーは上層でレベル上げ、下層に行くほど敵が強くなる。十階層ごとに街が作れるほどの安全地帯を設けて、一度来たらワープして入り口と自由に行き来できるように。ついでに……』

「お、おう。悪かった、もうやめてくれ」

言ったな。間違いなく言った。異世界に来て舞い上がってたんだよ。

地下迷宮なのに聳えるだとか我ながら意味不明だし、そうでなくても俺の声で喋られると恥ずかしいもんだ。

その後もユーグとともにひたすら待ち続ける。こいつは迷宮から出られないみたいだし、多少は仕方あるまい。

暑い寒いはないが、とね屋の美味い飯を食えないのは正直つらい。

今日もまたインベントリにある適当なものを口にして、無駄にステータスが上昇してしまっている。【料理】スキルは便利だが、食べると一時的にステータス補正が得られるっていうのは、今の俺には不要な効果だ。

カチャ……

扉の開く音がした。

日本の建具を意識した作りで、鍵はサムターンになっている。

まぁ、ボス部屋に入った時点で勝手に施錠されるから、見た目だけなんだけどさ。

「お、ようやく誰かが来たみたいだな……」

＊　＊　＊

紙の量産はそれほど難しくなかった。

一枚一枚合成するのは大変だったので、コピアの木と、大量の粒魔石を合成したルース、雑草を束ねた状態で用意した。

素材自体はすぐに集まった——というか、調子に乗ったコルンが大量のコピアの木を狩ってきた。

村のみんなはダンジョン前か、とね屋で噂話ばかり。その他は農作業をしているくらいだろうか。

依頼所の裏手で素材を並べ、僕は合成スキルを使ってまとめて紙を作った。

ここで合成するのは、人前でインベントリが使用できないから。

紙の一枚一枚は非常に軽いのだが、大量となると相当な重さになり、持ち運ぶのが大変だ。

インベントリで運べば楽だけど、それだと取り出す場所に困る。

だから人目につきにくい裏手で合成し、そこから少しずつ運ぶことにした。

でき上がりの量が多ければ、相応の魔力を必要とする。

何枚、何十枚ではない、およそ千枚の紙を一度に合成してみた。

結果は、もちろん成功。

「依頼所に紙を置いておいたので、使ってください」

ダンジョン前にいるアメルさんにそう伝え、僕たちはダンジョンに入っていった。

ここも、数日経って少しは落ち着いたらしい。

まだアッシュはあちこち走り回っているようだし、テセスのところには鑑定依頼が次々に来るものだからずっと教会にいる。

「噂通り、すげぇ稼げそうなところだったな」

入れ違いで出てきた冒険者が、そんなことを言っていた。

初めて見た顔だったので、どこか別の街から来たのだろう。

しかし、なぜこれが勇者対策になるのだろうか？

まだ何か話をしているようなので、僕は気になって聞き耳を立てる。

「王都にも同じような洞窟ができたって話じゃねぇか。あっちも随分と稼げるんじゃねぇのか？」

「知らねぇのかお前？　それで勇者が中を調べてるんだよ。噂じゃ金塊が出てくるってんで、誰も中に入れなかったんだぜ」

「金かよ!?　か～っ、そりゃあ俺だって誰にも渡したくねぇぜ。勇者様の独り占めかー」

「でな、その金塊が出る洞窟が三日後には綺麗さっぱり消えてたんだとよ」

「なんだよ、じゃあもう金は取れねぇのか？」

「その代わり、別の洞窟がいくつもできていたらしいぜ？　中は魔物だらけで、ここにいる雑魚なんか比べもんにならねぇ強さらしい。それでも勇者なら戦えるらしくて、最近は洞窟の中で生活しているって噂だ」

「へぇ～……やっぱり勇者っていうだけあって、腕っぷしは確かなんだな」

二人の冒険者は満足げに村に戻っていった。

今の話が本当なら、確かにしばらくは勇者がエメル村に来ることはないかもしれない。

きっと、他のダンジョンでも金が出るかもしれないからと、強欲な勇者はずっとダンジョンで魔物を倒しているんだろうな。

「本当にスライムとタヌキだけなんだな」

前を歩くコルンが言った。

エメルさんから貰ったダンジョン内の地図の写しを見ると、だいたい村が三十個は入るんじゃないかという大きさだった。

入り口から北に延びた道の、枝分かれした先には扉があるらしい。

感覚的に、位置はちょうど山のど真ん中といったところだろうか？

「これだけ広いと、中で迷子になったら出られないかもね」

僕たちは地図を貰ったからいいけれど、最初はやっぱり書き記しながら進んだのだろうか？

「迷子とか、襲ってくるのが魔物だけなら……マシなんじゃない？」

リリアが面倒くさそうに言う。

何のことかと前方を見れば、いかにも『賊です』といった格好の四人の男たちが剣を向けて立っていた。

『拾った銅と金目のもんは置いていってもらおうか』なんて言っているし、下卑た笑いが鼻につく。

ただ、見た目とは裏腹に、全員が凄まじく動きが遅く弱かった。

武器を取り上げ、インベントリからキングスパイダーの糸を取り出して適当に縛り上げておく。

時々粘つくけど、そのおかげで結ばなくても解けないみたい。

男たちと戦うのが怖くなかったかと問われれば、若干緊張したとは思う。ただ絡新婦やグレイトウルフの恐ろしさに比べれば、どうということはなかった。

「くそっ、なんでこんなガキどもにっ!?」

「本当に面倒くさいことしてくれるわね……」

「捕まえたんだし、地上に連れていったらいいんじゃないか？」

リリアが気怠そうに言い、それにコルンが答える。

「私たちが捕まえたことを言っちゃうの？　この人たち、きっとどうやって捕まったのかを言っちゃうわよ？」

不思議な弓の使用、強力な風と地の魔法、そしてインベントリから出したアイテム。

あまり周囲には知られたくない行動の数々を、僕たちはしていた。

「やっぱり死んでもらおっか」

サラッととんでもないセリフを口にするリリア。

杖の先で火魔法を準備しながら、動けない四人組を睨んでいると、そのうちの一人が命乞(いのちご)いを始めた。

剣を構え、相手は死んでも構わないという気ではたらいた強奪行為。

だというのに、ちょっと立場が悪くなると、自分の命は見逃してくれと懇願(こんがん)する。

なんという面白い冗談なのだろう。

……全く笑えなかった。

入り口で強盗についての注意喚起がなかったのは、この四人組がそれをやり始めたのがつい先ほどのことだったかららしい。

ソロの冒険者を狙う予定だったが、相手が子供だと思って目をつけたのだ、と。

そんな話を聞かされて面白くないと思った僕は、『うん。やっぱり殺そうか？』って二人に聞いた。

いやさ、本当にこんなのが生きていても、害悪でしかないと思ったんだ。

なのにリリアもコルンも、『冷酷』だの『無慈悲』だのと……

さっきのリリアのセリフは冗談だったんだってさ。

とにかく、こうしていても仕方なかったので、金品と装備品を奪ってから解放してやった。

奪うつもりで襲ってきたのだから、僕たちに奪われても文句は言えないはずだ。

まぁ理由は他にもあるし、何より地上に戻るのが面倒だったこともあるのだけど。

なぜかダンジョン内では転移が使えなかった。

もう少しで扉だというところまで来ていたから、先に進んでしまいたいと思ったのだ。

そして僕たちは目的地にたどり着き、噂になっている扉に手をかける。

木製の扉に金属の丸い取っ手がついていて、それを握ると勝手に右に半回転した。

不思議ではあったが、冒険者たちが口々に言う恐ろしさなどは微塵も感じない。

きっと、彼らの気のせいなのだろう。

扉が開くと、奥には見慣れた人影ともう一つ。

「あ、あんたっ！　ずっと姿を見てないと思ったら、こんなところで何してんのよっ？」

僕よりも先に、リリアから怒号が飛んだ。

それに反応して、ヤマダさんはなぜか狼狽(うろた)えている様子。

「あ、いや、根比べを……というか、お前らこそ来るのが遅すぎるんだよっ！」

どうやらダンジョンができた時から、ここで待っていたらしい。どうせすぐに来るだろうから、と。

リリアとヤマダさんの言い合いが続く。

本当に待っていたのなら、遅すぎるというヤマダさんの言い分もわかるが、それ以上に地上は大変だったのだ。

正直な話、僕たちのスキルを誤魔化すのはもう限界に近いと思う。

勇者だって、今はヤマダさんのおかげで来ないかもしれないが、それもずっとは続くまい。

新しい上位スキルの存在に、このダンジョン。

わからないことだらけだったが、一つだけ確かなこともあった。

「なんだか冒険してるって感じは……するかな？　テセスの言うワクワク感も、なんとなくわかる気がするや……」

ボソッと言った僕のセリフは、見知らぬ女性には聞こえていたのかもしれない。

『頑張ってね』なんて語りかけてきたように感じたのは、気のせいではないと思う。

彼女はニッコリと笑顔を作っていたし。

「ちょっとセンっ！　あんたもこのロクデナシ魔王になんか言ってやってよ！」

「別にいいじゃん。ヤマダさんだって、悪気があるわけじゃないみたいだしさぁ……」

序幕終話『世界樹と子竜』

「初めまして」

リリアとヤマダさんの言い合いが収まったところで、改めて見知らぬ女性に声をかける。

ヤマダさんとともにいたのだから、絶対に無関係ではないだろう。

彼女はユーグと名乗り、僕たちに礼を述べた。

「私(わたくし)のために動いてくださっていることは存じております。今はほとんどの力を失っておりますが、せめてお話でもと思い……」

そう言われて、ようやくこの女性が何者なのかを理解した。

彼女は世界樹、ユグドラシル当人なのだと。

どうやって人の姿になっているのかは不明だが、それが世界樹の力だと言われれば納得できるくらいには、これまで色々と体験してきている。

そして彼女がヤマダさんに世界樹の種を渡したそうだ。

その目的は、自らの命、つまり世界樹を守るため。

どういうことかと聞けば、本当は種がなくたって問題はなかったのだと言う。

「しっかりと魔物を討伐できれば……ですけどね」

ヤマダさんはユーグに魔物討伐を頼まれたのだが、それを引き受けたところで、いつまでも継続できるという自信はなかったらしい。

そもそも、この世界に来たばかりのヤマダさんは『レベル1』で弱かった。

さらに本人はその依頼を忘れかけていて、世界はどんどん悪い方向へ進んでいったそうだ。まぁ、ヤマダさん一人で頑張っていたって無理だったかもしれないという話だけれど。

「世界樹には一匹の竜が棲みついております」

ユーグはそう切り出して、この世界の歴史を語った。

大昔、まだこの世界に人類が誕生し始めた頃の話。

世界は一本の大樹によって、平和と秩序に守られていた。

人の世界だけでなく、エルフの世界やドワーフの世界といった、人族とは異なる人種の世界も同時に存在していたそうだ。

枝分かれした根に無数の世界を生み出して、世界樹はそれらを見守っていた。

だが、世界樹の持つ豊富なエネルギーを狙って異界から一匹の邪竜の子が訪れ、棲みついてしまった。

問題はここから発生したらしい。

どんどん生命力を奪っていく邪竜の子供。何もせずにいれば、大樹は数十年で喰いつくされてしまう。

そして現に、いくつかの世界は枯れ果てて消えてしまった。

邪竜から世界を守るにはどうすればよいか。

居ついてしまった邪竜を追い出すには、それこそ自らの身を滅ぼすほどの力が必要だった。

だが、それほどの力を出し切れば、世界のほとんどが滅びてしまう。

そこでまず、一つ一つの小さな世界を全て一つに繋げたそうだ。

それにより世界を強化し、消滅を防いだ。

だから今の世界には様々な種族が存在するのだが、どこで間違ったのか、当時他よりもわずかに秀でていた人族が、他種族を排除するようになった。

しかし、対策を急ぐべきは邪竜の問題である。

世界樹は次に、邪竜を倒せる者が現れるまで耐え凌(しの)ごうと考えた。

そのために生まれたのが、『魔物』という存在。

世界樹は邪竜の力を抑え込み、地表に魔物という形で排出した。

強大な魔物を倒す者が現れれば、その分、世界樹も邪竜も力を抑え込むことができた。

しばらくはそうやって耐え忍んでいたそうだ。

ただ、それだけではいずれ綻(ほころ)びが出ると考えた世界樹は、第三の策を講ずる。

それがヤマダさんだった。

『だった』というのは、当の本人はあまり関心がなく、使命を忘れかけていたからだ。

世界樹の排出したボスの討伐を、毎日一定数以上行うこと。

しかしヤマダさんはそれを快諾はせず――

「……そんなわけで、半ば無理矢理、種を作らされましたわ」

ユーグはそう言ってため息をつく。

「あんた、女にも全く容赦ないのね？」

「うるせぇ、こいつは見た目は女でも性別なんてないんだよ」

リリアとヤマダさんが軽口を叩き、真剣な話の最中にも笑いが聞こえてくる。

僕も一緒になって笑っていたけれど、半分は事実を受け入れたくないという気持ちがあったからだと思う。

ユーグの話が本当ならば、世界はもうしばらくすると完全に崩壊する。

「銀の世界樹の種は、最終手段です。それぞれの迷宮の最下層には、邪竜の力を吐き出す大部屋を用意しています。討伐者が到達したら、私が邪竜の力を吐き出し、龍を出現させるのです」

他のボスと違って、龍は特定のエリア内に閉じ込められるわけではない。

そんなことは不可能なくらい強大な力を持ったボスを、僕たちに倒して欲しいのだと言う。

もし倒せずに敗走したら？

その時は、四龍とやらが地表に出て暴れ回るだろうと。

ちなみにヤマダさんなら四龍を倒せるそうだが、あまりやってほしくないらしい。

ヤマダさんの持つ特殊なスキルは世界樹の力を多く消費するため、四龍相手に無茶をされるとむしろ世界樹が困るのだとか。

その事実にはヤマダさん自身が驚いていたので、今まで知らなかったのだろう。

ここ何百年はヤマダさんが隠居生活みたいな状態だったため世界が保たれていただけで、昔のように暴れていたら、今頃世界はなかったという。

そう聞いたヤマダさんは、少し寂しそうにしていた。

「それと……いえ、あまり不安を煽るようなことは言わないほうがいいですわね。今は、この迷宮の最下層を目指し、貴方たちに授けたスキルを使って、邪竜を滅ぼす力を身につけてください」

ユーグが一通りの説明を終えると、僕たちに向けて手をかざし、何やら力を込めている。

「地表にいる二人にも、これを」

空中から二本の小瓶が出現し、ユーグはヤマダさんに手渡した。

「せっかくだから、中身をコーヒー味にしてやろうぜ？」

受け取ったヤマダさんが言う。

「また貴方はそんなことを……私が異世界から無理やり呼び出したからって、わがままが過ぎます。聞いてくださいよ皆さん。この人、この世界に来たときに、私に焙煎した状態のコーヒー豆が生る木とか、稲作用の苗とか大豆の発酵食品とか、いっぱいいっぱい用意させたんですよっ！」

涙目で訴えかけるユーグ。

ヤマダさんが否定していないところを見るに、全部真実なのだろう。

あまりに現実味のない話だから、ちょっとばかり二人を信用できなかったのは……内緒である。

ともかく、ダンジョンは地下へと続いているそうだ。

徐々に魔物は強くなり、最下層には龍がいる。……いや、龍はユーグが召喚するんだよな。

目安は『レベル60』と言っていた。

そうは言われても、僕たちが今どのくらいなのかはわからない。

「そのために、私の力を与えたのですよ」

ユーグは口角を上げてそう言った。彼女も心が読めるのか。

『ステータスを確かめなさい』と言われ、僕たちは各々スキルの確認を行おうとしていた。

そのスキルステータスの横に、新たな半透明の……ステータス枠が。

僕の今のレベルは『26』だと書いてある。

ただただ、驚いた。僕だけでなく、コルンとリリアもまたユーグに疑問をぶつける。

「なんだよこれ？」

「防御力だけ低すぎるんですけど……」

「本来は勇者とその仲間へ授ける力だったのですが、今の時代ではそれも難しくなってしまったようで……」

「勇者って、村に来た人のことですか？」

先日、エメル村にやってきた一行。その中にいた少年が、やはり勇者らしい。

歳は同じくらいだと思っていたのだが、今年スキルを授かったばかりの十五歳だそうだ。

今後再び出会うかもしれないので、その時は協力し合って欲しいとも言われた。

当人も不思議な状況に身を置かれて、孤独な立場だという。

「そうだ、俺が昔貰ったアイテムを渡しておこうと思って、持ってきてやったぞ」

「貰ったじゃないでしょ！　貴方がゲームっぽいとか言って、私に作らせたんじゃないですかっ！」

さっき言っていた以外にも、まだ作らせたアイテムがあるのか……

ヤマダさんは『力があまり残っていない今は難しいが、昔はこのくらいのアイテムは簡単に生み出せたんだ』と言いながら、一冊の本を僕に手渡す。

それは『世界樹辞典（ワールドディクショナリー）』というもので、世界樹の知識が詰め込まれた薄い本。

本とは名ばかりの『検索アプリ』だそうだけど、どういう意味なのか？

試しに開いてみると、いくつかの項目が現れる。

『モンスター』『アイテム』『魔法』『街』『ｅｔｃ…』

ヤマダさんに『スライムを思い浮かべてみな』と言われ、つい先ほど戦っていた魔物を想像すると、項目が消えて映像に切り替わった。

魔物の姿をここまで鮮明に映し出すとは、すごい技術……いや、世界樹だったらできるのだろう。

今はまだ本当に小さな力だけど、いずれは村を、世界を守る力でありたいと、僕は願った。

僕たちをまっすぐ見て語った、ユーグの言葉。

『小さな一雫が水面に波紋を広げるように、貴方たちが世界中に影響を与えるのです』

だけど、ユーグは僕たちを頼っていた。

しかもそれは世界自身だというのだから、僕たちが何をしようと無駄ではないかと思えてしまう。

僕たちが平和に暮らしている最中、その裏では世界の崩壊に抗う者がいた。

うになるのだろうか？

啓示の儀式でちょっと特殊なスキルを授かったことから始まった僕たちのお話は、本当にそのよ

ユーグから聞いたのは、いわゆる『勇者とその仲間が世界を救うお話』。

そう言ってユーグは消え、ヤマダさんもまた地上へと帰った。

のようにはならず、適度にダンジョンを進んでいただけると信じて見守ることにいたしましょう」

貴方がたの身が持ちませんし、世界の崩壊も早まります。今はまだ大丈夫ですが、このヤマダさん

「これで冒険が少しでも楽しいものになってくれればと思います。私は世界樹、過分に干渉しては

世界には様々なものが存在し、中には僕のスキルで作れるものもある。

それに加えて、未だ見ぬ魔物やアイテムまでもが影で映し出されていた。

世界樹辞典には、僕たちが出会ったものが全て記録されていくらしい。

祝・定年退職!?

SYUKU-TEINENTAISYOKU!?

10歳からの異世界生活

空の雲

sorano kumo

第12回ファンタジー小説大賞特別賞受賞作!

この度、私、会社を辞めたら

異世界で10歳になっていました――

60歳で無事に定年退職した中田祐一郎(なかたゆういちろう)。彼は職を全うした満足感に浸りながら電車に乗っているうちに……気付けば、10歳の少年となって異世界の森にいた。どうすればいいのか困惑する中、彼は冒険者バルトジャンと出会う。顔はいかついが気のいいバルトジャンは、行き場のない中田祐一郎――ユーチの保護を申し出る。この世界の知識がないユーチは、その言葉に甘えることにした。こうして始まったユーチの新生活は、優しい人々に囲まれて、想像以上に楽しい毎日になりそうで――

●定価：本体1200円+税　●ISBN 978-4-434-27154-0

●Illustration：齋藤タケオ

『収納』は異世界最強です
正直すまんかったと思ってる
俺を勇者召喚した国は怪しさ満点だし、
『収納』だけの出来損ない勇者になったし……
よし、逃げよう
農民 Noumin
ありがちな収納スキルが大活躍!?
異世界逃走ファンタジー！
少年少女四人と共に勇者召喚された青年、安堂彰人。召喚主である王女を警戒して鈴木という偽名を名乗った彼だったが、勇者であれば『収納』以外にもう一つ持っている筈の固有スキルを、何故か持っていないという事実が判明する。このままでは、出来損ない勇者として処分されてしまう——そう考えた彼は、王女と交渉したり、唯一の武器である『収納』の誰も知らない使い方を習得したりと、脱出の準備を進めていくのだった。果たして彰人は、無事に逃げることができるのか!?
◆定価：本体1200円＋税　◆ISBN：978-4-434-27151-9　◆Illustration：おっweee
『収納』は異世界最強です
正直すまんかったと思ってる
農民
俺を勇者召喚した国は怪しさ満点だし、
『収納』だけの出来損ない勇者になったし……
よし、逃げよう
アルファポリス
ありがちな収納スキルが大活躍!? 異世界逃走ファンタジー、開幕！

元構造解析研究者の異世界冒険譚
犬社護
人でもモノでも、調べたステータスは
自由自在に編集可能!!
新料理も新技術もユニークスキルで大発明!?
ネットで大人気の異世界大改変ファンタジー、待望の書籍化!
アルファポリス

製薬会社で構造解析研究者だった持水薫は、魔法のある異世界ガーランドに、公爵令嬢シャーロット・エルバランとして生まれ変わった。転生の際、女神様から『構造解析』と『構造編集』という二つの仕事にちなんだスキルをもらう。なにげなくもらったこの二つのスキルと前世の知識により、シャーロットは意図せずして異世界を変えてしまう――

●各定価：本体1200円＋税
●Illustration：ヨシモト

1～6巻好評発売中!

●各定価：本体680円＋税
●漫画：桐沢十三　B6 判

ネットで話題沸騰！

アルファポリスWeb漫画

面白い漫画が毎週読める!!

人気連載陣

- THE NEW GATE
- 月が導く異世界道中
- 異世界に飛ばされたおっさんは何処へ行く?
- 素材採取家の異世界旅行記
- 異世界ゆるり紀行 〜子育てしながら冒険者します〜
- いずれ最強の錬金術師?
- 追い出された万能職に新しい人生が始まりました

and more...

選りすぐりのWeb漫画が **無料で読み放題!**

今すぐアクセス! ▶ アルファポリス 漫画 検索

アルファポリスアプリ
スマホでも漫画が読める!
App Store/Google play でダウンロード!

この作品に対する皆様のご意見・ご感想をお待ちしております。

おハガキ・お手紙は以下の宛先にお送りください。

【宛先】

〒150-6008 東京都渋谷区恵比寿4-20-3 恵比寿ｶﾞｰﾃﾞﾝﾌﾟﾚｲｽﾀﾜｰ8F
（株）アルファポリス　書籍感想係

メールフォームでのご意見・ご感想は右のＱＲコードから、
あるいは以下のワードで検索をかけてください。

アルファポリス　書籍の感想

ご感想はこちらから

本書はWebサイト「アルファポリス」（https://www.alphapolis.co.jp/）に投稿されたものを、
改稿、加筆のうえ、書籍化したものです。

スキル【合成（ごうせい）】が楽（たの）しすぎて最初（さいしょ）の村（むら）から出（で）られない2

紅柄ねこ（べんがら ねこ）

2020年 2月 28日初版発行

編集－篠木歩
編集長－太田鉄平
発行者－梶本雄介
発行所－株式会社アルファポリス
〒150-6008 東京都渋谷区恵比寿4-20-3 恵比寿ｶﾞｰﾃﾞﾝﾌﾟﾚｲｽﾀﾜｰ8F
TEL 03-6277-1601（営業）　03-6277-1602（編集）
URL https://www.alphapolis.co.jp/
発売元－株式会社星雲社（共同出版社・流通責任出版社）
〒112-0005東京都文京区水道1-3-30
TEL 03-3868-3275
装丁・本文イラスト－ふらすこ
装丁デザイン－AFTERGLOW
印刷－中央精版印刷株式会社

価格はカバーに表示されてあります。

落丁乱丁の場合はアルファポリスまでご連絡ください。

送料は小社負担でお取り替えします。


ISBN978-4-434-27150-2 C0093